El libro de mis primos

CRISTINA PERI ROSSI

El libro de mis primos

el espejo de tinta

grijalbo

EL ESPEJO DE TINTA
Colección dirigida por LAURA FREIXAS
Edición: RAMÓN SOL

Cubierta: Xavier Castillo
© 1969, 1989, CRISTINA PERI ROSSI
© 1989, EDICIONES GRIJALBO, S.A.
        Aragó, 385, Barcelona

Primera edición
Reservados todos los derechos
ISBN: 84-253-2024-0
Depósito legal: B. 18.782-1989
Impreso en Hurope, S.A., Recared, 2, Barcelona

En casa me esperaba la familia:
un pasado remoto.

Juan José Arreola

Índice

Prólogo a la edición de 1989

Publiqué por primera vez *El libro de mis primos* en Montevideo, Uruguay, en 1969. La novela había ganado el premio Biblioteca de Marcha, el más importante del país, concedido por un jurado tan exigente como insobornable: Ángel Rama, Juan Carlos Onetti, Jorge Ruffinelli. Entonces yo tenía veintisiete años y era mi primera novela, aunque antes había publicado dos libros de relatos: *Viviendo* (1963) y *Los museos abandonados* (1968).

Todo pasado es mítico: envuelto en el vaho del tiempo y en la flotación del espacio, se impregna de la sustancia de la evocación y de la nostalgia, sin las cuales no hay poesía. Poder publicar esta novela otra vez, veinte años después, es recuperar parte del pasado, sin el cual difícilmente hay presente. Vivimos una época de gran aceleración, donde todo es efímero: lo que consumimos, los amores, los deseos; en cierto sentido, también los escritores han caído en la tentación de la actualidad, y la pretensión de servir a la posteridad es ruborizante. Un extraño pudor nos hace pensar sólo en el presente; escribimos para nuestros contemporáneos, no para quienes vendrán, aunque es posible que algún libro sobreviva al desgaste devorador de los cambios. Si esta novela consigue atraer hoy al lector, veinte años después de publicada por primera vez, yo me sentiré satisfecha.

Los jóvenes son audaces y seguros de sí mismos: yo escribí esta novela al borde mismo de los géneros, mezclando deliberadamente prosa y poesía. No era un invento personal: los escritores románticos lo habían practicado, mucho antes, proponiendo una literatura de fragmentos y fronteriza, donde la poesía y la prosa se confundían para ampliar cada registro. Benedetto Croce, por lo demás, ya había pronosticado la ruptura de los géneros como expresión de la modernidad: el hombre contemporáneo es un ser disociado, sólo puede recomponer su imagen a través de la ambigüedad y la confusión. Seguir el ritmo del pensamiento, de las asociaciones, me impulsó a escribir ora en verso, ora en prosa. El propósito no era tanto la ruptura formal como unir aquello que frecuentemente el lector encuentra por separado: la narración y el lirismo, la prosa y la poesía. Todo se funde en la redoma del tiempo, ¿por qué no en el texto? Borges dice que un autor puede sentirse satisfecho si ha conseguido plasmar una metáfora memorable. Quizá el lector encuentre alguna.

CRISTINA PERI ROSSI

Barcelona, junio de 1989

I

Veo a mi hermano juntando ropa
su manos hábiles aflojando
las cuatro patas de la mesa
quitándole los tornillos a las lámparas
ensuciando los retratos de los antepasados
que colgaban mustios de las paredes;
veo la peregrinación de Corpus
y la procesión de cirios
—en la noche oscura encendimos las esquinas—
y mil niños como yo soltándose
de las manos de madres y de abuelas
para ir a tocar el ruedo de la túnica
de Jesús

        veo el báculo en que San Pedro
se apoyaba cuando iba caminando
por las calles, murmurándose a Cristo
tenebrosos presentimientos de pecado
y las nueces de las noches de Resurrección
masticadas mientras blandas piezas teatrales
se desarrollaban en la radio; veo la

colección completa de «Para Ti»
con sus páginas centrales dedicadas a
«Las Joyas de la Pintura Universal»
donde yo recortaba una virgen de Rafael
o de Ticiano, encuadraba una bailarina
de Degas o la melancolía de un durazno
de Cézanne.

                    Veo a mi prima —la que se quedó
                                        soltera—
mordiéndose las uñas
y mi abuela aconsejándole que cambiara
de peinado que probara otro color para los labios
«Arréglate bien, hija de Dios, no seas descuidada»
y una de mis tías, que era Hija de María
y preparaba a las niñas de los vecinos
para recibir la comunión

              «Soy cristiana por la gracia de Dios»
              «Amo a Dios por sobre todas las cosas»
              «encarnado en Jesús, Hijo Amantísimo»

y el perro de la casa le ladraba
al hueco del aljibe por donde una vez
había visto desaparecer un pájaro
pequeño, y el novio de mi otra prima
que venía tres veces por semana,
martes, jueves y domingo —mi tía
lo hacía pasar al comedor
                          (los primos chicos acechábamos
                          detrás de puertas y ventanas)—
y él, muy esmeradito —venía siempre de traje
y de corbata aunque fuera enero y no se pudiera
ni respirar por el calor— le alcanzaba
—martes, jueves y domingo— un paquete de bizcochos
o de masas, una bolsa llena de dulces
o un ejemplar de «los mejores versos para los novios

en lengua castellana» donde se podía leer:

> «Tus ojos son dos estrellas que brillan
> y tu boca de rubí en las mejillas
> va engarzada como una fruta fresca.
> Tus manos son dos flores que me lanzan
> su perfume de dulce primavera;
> No te olvides de mí que te amo tanto
> que sin ti ya no vivo, sino sangro.»

Veo el vientre portentoso de las mayólicas chinas
que el azar aventurero de un tío oveja negra
puso entre las alfombras dieciochescas de la casa
y una procesión de primos,
entre los sueños de la madrugada,
trepándose a las paredes como a los pinos,
y una madrina que no era hada y se murió
de insolación un mes que no fue de verano
pero igual alcanzó para matarla,

y todo lo demás,
    todo lo demás que ya no veo,
        porque una marea como un viento me lo ha llevado.

II. Oliverio

Los sueños

El soñar el vivir.
La vida que es sueño
y el sueño de vivir una vida entera
soñar que se está vivo
y dormir despierto un sueño completo
el sueño que se estira
y una vez, que soñé una vida hecha
soñé que me despertaba y estaba vivo
viviendo una vida nueva
soñando sueños viejos
y la vida tenía el color antiguo de las catedrales
y el sueño, era un elefante que se movía
detrás de una ventana
mirando melancólico las demás plantas.
Soñé que vivía sueños vivos
sueños gordos como osos invernales
y me dormí una vida entera,
despertándome solamente para dormir.

La borrachera de sueños se me subía a la cabeza con
los primeros fríos. Soñaba despierto, soñaba dormido,

soñaba sentado en la silla y mientras comía; mis despertares eran inquietos, porque prefería estar dormido, y si no tenía sueño, empleaba mi tiempo en ordenar los temas de mis sueños, preparar el material que soñaría, separar los temas dichosos de sueños de los otros, los susceptibles solamente de ser olvidados. Venían así, blandamente, deslizándose desde el otoño, casi sin tocar la tierra; yo los esperaba sentado, semidormido, adormecido por la lujuria de saberlo. A veces comenzaban a llegar a raíz de una hoja, un pensamiento o algo parecido; es que estaba en un ómnibus y como un viejo licor que se avecina, un portal derramaba su perfume a madera y a portal, a tronco, resina, ungüento, mano de bronce, viejas familias; o era apenas un roce de telas en la escalinata del teatro (telas que se difuminaban en la oscuridad) que me hacía ponerme a soñar, rozándome la música, la oscuridad, el tacto de las telas, el perfume de los abanicos acariciados en penumbra, los antiguos sonidos que se desprendían del violoncelo y el clavicordio como una música de sueños que estuvieran por disolverse, sumisos, humildes, replegados al subconsciente.

Cuando la estación de los sueños ya se había instalado, yo ejercía cierto dominio sobre mis fantasías, que la práctica, el ejercicio, acentuaban por los días. Ya nada me detenía en el soñar, y no bien me instalaba en el jardín, sobre una silla, en la iglesia, en el comedor, al lado de la abuela, echaba a soñar mis sienes, mis cabellos, mis brazos, mis miembros, y a veces hasta la cabeza y los dedos de la mano soñaban con independencia, cosas diferentes. Lo más triste era romper el hechizo de los sueños, para comer o para llorar un poco, para hablar con los otros o ir de paseo. Pero pronto aprendí a soñar en todos lados: de la mano de mi padre, caminando sobre el pasto, cuando los domingos me sacaba a tomar el aire, a cambiar el de la casa por otro que olía a almendros y a castaños. Aprendí a soñar cuando me hablaban, cuando reía, mientras parecía atento y si resolvía las ecuaciones de segundo grado, a soñar en las fuentes, en las glorietas, bajo los paraísos y los umbrosos jazmines. Soñé de todo; en mis sueños los animales eran enormes, brillantes y sensibles, como dinosaurios, y soñé con mariposas, aves, caracoles, piedras preciosas, fiordos, Rusia, Mozart, cadáveres, resurrecciones, pirámides, conciertos y bosquecillos.

La estación de los sueños bajaba a mí cada mañana, dejándome su carga, de la cual yo extraía una manzana, una flor, muchos perfumes y grupos de sílabas que me entretenía en descomponer, aspirando a combinaciones nuevas. Así supe que el sonido es una geometría que podemos componer, y el significado, apenas una referencia ostensible a las cosas que aprendimos a nombrar de niños, en el tiempo de la obediencia.

III. Oliverio

Los orígenes

Desde nuestros orígenes, hemos sido una familia muy prolija.

La limpieza ha sido la ocupación principal de las mujeres de nuestra casa, y casi la exclusiva, si descontamos la otra, la tarea de prolongar la especie y propagar la familia, empresa ésta que asumen con total dignidad y conciencia, de manera que cada nueva pareja que se desgaja del tronco central, puede honrarse de haber perpetuado el apellido original en algún retoño, quien volvería a portarlo en su semen, con su ardiente posteridad, sumándose así a la marcha del mundo.

Desde pequeños comprendimos que ésa era, a la vez, la gran tarea asignada a los hombres de la familia, pese a algunas apariencias que podían sugerir otra cosa. Ganar dinero, adquirir bienes inmuebles, acciones de compañías extranjeras, invertir dólares en bancos privados, construir casas en balnearios, todo eso era correcto y estaba muy bien visto, pero las inversiones, las operaciones en la bolsa, los muebles suntuosos, las lucrativas especulaciones, las extensiones de campo, los viajes de entretenimiento, las chequeras, los ascensos a

21

privilegiados asientos en los escritorios de las empresas, las salas de juego instaladas gracias a promisorias concesiones del estado, los beneficios que puntualmente remitíamos a cuentas en el exterior, la prosperidad de nuestras empresas funerarias no alcanzaban a disimular, no podían en ningún caso sustituir la tarea fundamental de los hombres de nuestra familia, que era entrometer en el oscuro óvalo uterino de alguna pasajera ajena a nuestro lar la gotita de semen impregnada con nuestro apellido, y destinada a conservar nuestra especie, a perpetuar nuestra familia.

Desde el momento en que esa inversión de semen se realizaba, la extraña portadora de él, la extranjera que había abierto sus piernas ante uno de los nuestros, vaya a saber llevada por qué azar, se volvía un objeto venerable, digno de nuestros mayores cuidados, pasaba a integrar la familia, a ser una de las nuestras, se volvía rama preñada del fuerte tronco ancestral, y ninguna noticia acerca de su pasado, de su vida anterior, de sus costumbres, de sus días hasta antes de ayer, podían exonerarla de aquella carga maravillosa, sagrada, de aquella bendición que uno de los nuestros le había impartido entre las ingles, allí donde comenzaban la selva y los ríos fecundantes con su limo. Nada que hubiera hecho alguna vez, nada que hiciera en el presente, podía separarla de la estima y del respeto a que se había hecho acreedora al haber recogido en su vientre el óbolo ritual de uno de nuestros hombres. Desde ese momento quedaba integrada a la comunidad; sus contactos con el exterior se disolvían, pasaba a estar bajo nuestra protección, ya nadie ni nada podía restituirla al tránsito, a las calles, a la confusión de afuera: bajo nuestros limoneros y naranjos, como bajo la protección de un ejército de alabarderos, sus días se deslizarían ya prendidos para siempre a los nuestros.

Aparte de producir, pues, descendientes (y con un hijo se consideraba que aquella mujer había cumplido su tarea, quedaba exonerada de los subsiguientes, pero de ninguna manera podía desvincularse del tronco central, de aquel miembro de nuestra familia que había hollado aunque fuera una sola vez sus territorios, derramando su líquido inseminador allí donde pudiera prender la planta, afincando sus bulbos a las paredes interiores del útero), las mujeres de nuestra familia no tenían otra tarea más que la de la limpieza. Y se entregaban a ella ferozmente, a decir verdad, como si fuera ésa la única manera de sobrevivir, de alcanzar la perfección y mantener el prestigio de la casa, la honorabilidad de la familia.

De modo que cuando no estaban dedicadas a la noble y loable tarea de parir, ellas lavaban, sacudían, fregaban, lustraban, bruñían, barrían, quemaban hojas, enceraban, pasaban la aspiradora, alcoholizaban los vidrios, blanqueaban ropa, barnizaban muebles, secaban platos, frotaban bronces, perfumaban ambientes, vaporizaban esencias, lustraban caireles y metales. He visto frotar con frenesí, durante media hora, la canilla del lavabo, hasta dejarla resplandeciente; fregar, hasta sacar lustre (arrodilladas sobre el suelo y empuñando el trapo con ambas manos, sacudiendo todo el cuerpo que iba hacia atrás y hacia adelante como poseído de frenesí amoroso), la línea de juntura entre baldosa y baldosa; pulir con esmero, como quien acaricia la piel oscura de una muchacha, el ángel de bronce del llamador; adelgazar las telas, de tanto lavarlas, hasta volverlas transparentes; perseguir por la casa, con saña y ferocidad, los vuelos desesperados de un rastro de polvo que, enloquecido por la persecución, intentaba huir por los corredores, pisos y ventanas; también así, con igual ardor, se matan las cucarachas, las mariposas, las moscas, las lombrices, los caracoles, las pequeñas arañas, las hormigas, animales todos ellos propensos a destruir y a ensuciar.

Hemos perseguido al polvo hasta en el teclado del piano, donde solía guarecerse, cuando ya no quedaba ningún lugar seguro en la casa; entonces lo destapábamos silenciosamente y, provistos de ávidas franelas, caíamos despiadadamente sobre la pelusa blanca que cubría las teclas, golpeándolas y percutiéndolas, de modo que aquel salvaje blanco se evaporara entre nuestras telas.

Hasta que nuestra madre decidió clausurar definitivamente el piano, para que su teclado no sirviera de refugio a los intrusos blancos. Desde entonces, el antiguo piano de cola no ha abierto más su boca, nadie más ha visto su blanca dentadura; aquella sonrisa melancólica y suave por la noche, cerca de las lámparas de pie, ya no se oye más. Las mujeres se acercan a sacudirlo por encima: quitan el polvo de la tapa, de los costados, de las dos rosas de madera, negras, talladas en el centro, y lustran los pedales amarillos, primorosamente, cada mañana; pero nadie se atreve a moverle los labios, a abrirle la boca, a mirarle los dientes y las comisuras. Yo no sé si el teclado aún existirá; a veces pienso que no, que se ha ido por la ventana, hacia el jardín, por el camino de las tías.

También nuestras mujeres lustran las hojas de las magnolias y de los castaños, y es hermoso verlas, al caer la tarde, subidas a sus escaleras de madera, tocando las ramas más sombrías, asiendo por su talle cada hoja, mojándoles las puntas y frotándolas con cera. Así quedan las hojas tiesas y brillantes, como almidonadas, y cuando damos nuestras fiestas la gente se detiene bajo los árboles a admirar aquel brillo tan original, aquellos árboles tan lustrosos que parecen de mentira. Los

24

muertos familiares, al reposar en sus cámaras ardientes, tienen el mismo brillo. Es en las fiestas, precisamente, donde más se destaca la perfección del repujado, la limpieza de los patios, el lustre de las estatuas, el brillo de los metales, la pulida frialdad de los mármoles de la terraza, hacia la cual se inclinan, con idéntica vocación, las hojas lustradas de los castaños, y una luna metálica, opaca, merodeadora.

En esas noches, en los claros patios llenos de fuentes vigiladas por la blancura de estatuas solemnes y desnudas, mi tío Andrés se entretiene en confundir a las visitas, transformando lo real en falso, y lo falso en aparentemente verdadero. Así, por ejemplo, presenta a nuestros invitados exquisitas fuentes llenas de frutas brillantes y maduras, que hacen afluir el deseo a la boca, en blancas corrientes de saliva; pero no bien se ha roto codiciosamente la cáscara púrpura en nuestros labios (como se rompe cada vez el óvalo rojo que destila), advertimos el engaño: la lustrosa madera sustituye la que debía ser pulpa ardiente, clamorosa, y por los pasillos interiores de la fruta, donde debiera correr el dulce icor, sólo atraviesa una gota de agua, los ríspidos corredores de la madera. Nada le produce más placer que oír comentar, delante de uno de sus falsos ejemplares de monocotiledóneas: «Qué palma más hermosa, su hoja es tan perfecta que parece de metal», o, en una exposición de rosas que ha jurado son artificiales, pero en realidad están vivas: «La imitación es perfecta, es verdad, pero la dulcedumbre de ese pétalo, fíjate bien, excesivamente suave, su textura, es una pequeña pauta de la verdad: solamente lo simulado podría ser tan dulce.» Falsificando permanentemente lo verdadero, y dando apariencias de real a lo artificial, mi tío Andrés se ha pasado la vida confundiendo a todo el mundo, al punto que ya nadie —a veces creo que ni él mismo— es capaz de saber, entre las cosas que lo rodean, cuáles son las reales, cuáles las falsificadas. Piedras, metales, faunas, floras, estatuas, telas, colores, texturas, apariencias, cuadros, licores, monedas, confesiones, frases oídas, frases escondidas, todo lo funde en su gran redoma singular, en su taller modelador, y entre el vapor y el humo de su laboratorio, en los húmedos cristales que lo separan del exterior, la realidad y el sueño hacen el amor, juegan a mezclarse, dan hijos macabros de índole mixta, paren fascinantes apariencias de lo vivo de entraña seca, cancerosa; en su taller singular, engañoso (los cristales esmerilados impiden ver al mago), la materia vuelve al antiguo caos original, al gigantesco óvulo fecundado y de donde partieran, azules, las múltiples apariencias de lo vivo.

Mi madre, como todas las mujeres de nuestra familia, también se preocupa mucho por la limpieza. Por ejemplo: no podemos andar por las habitaciones más que sobre patines afelpados, que van lustrando la madera a medida que avanzamos, ni podemos tocar los muebles sino provistos de guantes. Los objetos brillan tanto que a veces su luz nos encandila, y yo ya he tenido más de una alucinación debida a la claridad descollante de los cristales.

IV

La muerte de mi padre

Mi padre murió una lenta y amarilla tarde de noviembre (el mes que yo nací). Antes de morir fue intensamente frotado por mi madre y las mujeres de la casa, por lo cual puede decirse que murió en pleno brillo. Al morir, su estado de limpieza era perfecto, pues mi madre había acomodado escrupulosamente sus huesos sobre la mesita, separándolos bien de la porción de carne que aún tenían, entre los tegumentos, procurando que las tibias, los parietales y las apéndices xifoideas no chocaran entre sí, asustándolo, aunque, a pesar de su esfuerzo, hay que confesarlo, el ruido de los huesos fue oído por toda la casa, como el sonido que producen las maderas, al ser frotadas, cuando se hace música o se hace fuego. El sonido de sus huesos al chocar fue tan audible, que aun sobre la mesita donde mi madre lo había apoyado, para lavarlo mejor, él se sintió avergonzado del ruido de sus cosas, de modo que se encogió y se puso más azul aún de lo que estaba, y miró a mi madre (que a esa altura estaba juntando por el suelo alguna de las escamas de la piel que se le habían caído) como disculpándose, hacía tiempo que ya no tenía ningún dominio de su cuerpo, de sus formas, de sus bultos y de sus escamaciones.

Durante la larga agonía de mi padre, nuestra mayor tarea fue conservar limpio su esqueleto, en previsión de lo que los insectos, el paso del tiempo, el avance de la enfermedad y la vejez de sus camadas de piel pudieran hacer en él. Así, todas las mañanas, no bien abría los ojos (que se le habían quedado amarillos y secos como las hojas viejas de las parras que los insectos horadaban, construyéndoles fosas hacia el vacío, por las cuales se podía entrever el sol), mi padre era levantado de la cama, sostenido durante un tiempo en el aire (mientras se sacudían debajo suyo los sábanas, las almohadas, los hules, las franjas de nylon que se le colocaban sobre el colchón, las frazadas y el mosquitero) y, allí mismo (mientras dos de los nuestros, los más jóvenes y entusiastas lo sostenían tomándolo de la cabeza y de los pies, en posición horizontal), era escrupulosamente lavado y perfumado, aunque ya no pudiera cerrar la boca y sus piernas tambaleantes, ingrávidas, se movieran en el aire, hacia uno y otro lado, sin compás, como las atolondradas agujas de un mecanismo descontrolado, como dos juncos que llevara el viento. En la tarea de sostenerlo y sacudirlo, mientras sus labios azules permanecían abiertos, colgándole como porciones de piel arrancadas del hueso, dos de mis primos llegaron a tal grado de entrenamiento y agilidad, que para ellos levantarlo de la cama, disponerlo en un sillón o sobre la mesa (cuidando que las partes sueltas no se confundieran entre sí, ocupando lugares que no les correspondían) era tan fácil como extender un pañuelo por sus extremos, colgarlo en la pared y dejarlo secar. Su adiestramiento en esta tarea era, sin embargo, por momentos, algo peligroso: solían entretenerse lanzándolo de uno a otro lado de la cama (uno lo levantaba en el aire y lo lanzaba, como si fuera un balón, el otro lo recibía con las manos abiertas, del lado opuesto al primero, y luego lo balanceaban entre los dos, meciéndolo en el aire) o jugaban a contarle los dientes que le quedaban, las tiritas de piel que iba perdiendo, como escoraciones sucesivas de un tronco de árbol.

En estos juegos yo no intervenía, por el silencio respetuoso que me imponía mi padre, aun en esqueleto, y por cierta repugnancia que he tenido desde la infancia hacia el color azul. Los juegos de mis primos, en cambio, terminaban cuando en el cuarto de mi padre (habitualmente mantenido a oscuras por su irritación frente a la luz) aparecía nuestra madre, a reconvenirlos, a quitarles de entre las manos el cuerpo de papá; entonces, como si se tratara de un tejido que se apoya en la falda, un ave que se acaricia antes de desplumar, como si se tratara de una pequeña labor casera, ella lo depositaba en su regazo, le sonreía acariciándole la tela transparente de la frente, tan delgada ya que si nos asomábamos a ella era posible que viéramos, como a través de los cristales de un invernadero, las plantas interiores, las corrientes sanguíneas, y un poco más abajo de la frente, podíamos mirar (a través de la cuenca casi vacía del ojo) el músculo masetero y el Risorio de Santorini. Mi primo Javier hacía ya sus primeras experiencias prácticas a lomos del esqueleto de mi padre; había pedido que, no bien muerto, le reservaran el cadáver, aún fresco, pero el consejo general de la familia había resuelto negativamente su pedido, teniendo en cuenta la tradición secular de conservar nuestros muertos en el panteón hereditario, o a lo sumo, en la cripta del jardín, al costado del parque de estatuas; resentido por esta decisión tan opuesta a su verdadera vocación, la de experimentar, y queriendo combatir los que consideraba prejuicios ancestrales arraigados en nuestra genealogía, mi primo Javier decidió experimentar inmediatamente sobre la porción de carne y huesos que inexplicablemente mi padre conservaba aún, pese a los pronósticos y al asombro desconcertado de los médicos, que no alcanzaban a explicar un fenómeno tan excepcional. Aunque llegué a alcanzarle algunas veces frascos y tubos, flores de blanduzco algodón esterilizado, alguna jeringa ocupada por líquido o sustancias desconocidas para mí y que me producían cierta repugnancia, y aunque casi siempre me paseaba, inquieto, delante de la puerta de su laboratorio, mientras él experimentaba, nunca colaboré con él, a decir verdad, más que alcanzándole esto o lo otro, cuando imperiosamente lo reclamaba de lado a lado del cuarto; no soy afecto a las ciencias, ni me interesa la investigación. Mi madre había consentido en prestarle a mi padre durante unas horas, todos los días, para que él hiciera sus observaciones, y ella misma, acompañada por alguno de nosotros, solía llevarle el esqueleto de mi padre hasta su laboratorio, no bien aquél había tragado por el tubo de goma que se le colocaba en los labios la dosis diaria de alimento ordenada por los médicos. Mi padre agonizaba desde hacía más de un año, y ya todos nos habíamos acostumbrado a mirarle el esqueleto que se le asomaba debajo de los retazos de piel que le quedaban (los huesos de las manos le colgaban, como lirios marchitos, los dedos se le habían alargado, mostrando impúdicamente las falanges; los brazos se habían reducido al diámetro de tubos de ensayo, los huesos de las rodillas asomaban hacia afuera, exhalando su humor a muerte), pero pienso que los experimentos de mi primo Javier debieron ser de alguna manera útiles: al poco tiempo del fallecimiento de mi padre (que murió una lenta y amarilla tarde de noviembre, el mes que yo nací, cuando ya desesperábamos de él, convencidos de que por la eternidad subsistiría así, ni vivo ni muerto, maniquí, muñeco de cuerda, filamento, hilo, cáscara vacía fruto que se cae), mi primo Javier recibió una mención en el extranjero por sus trabajos, y sus servicios fueron reclamados desde centros de investigación muy importantes, siendo el primer miembro de nuestra familia que abandonó la casa, cuando se fue, una clara mañana, llevándose los tubos en las valijas, los frascos, las hojas de fórmulas, tiritas de piel embotelladas, sus bisturíes y el juego de instrumentos, como el equipo de maquillaje de una señora.

De manera que de dos a cinco de la tarde mi madre le prestaba el cuerpo de mi padre, para que él continuara sus exploraciones y descubrimientos; Javier mismo se encargaba después de devolvérselo, siempre en perfecto estado de limpieza, liso y perfumado; mamá lo volvía a depositar en la cama, le repasaba un poco las rodillas azules, los labios violáceos, le lustraba un poco los dientes y le daba la dosis diaria de coramina, que había recetado el médico.

Aparte de esta diaria visita al laboratorio de mi primo (que en realidad comenzó cuando llevaba más de un año en estado de permanente agonía), a mi padre lo levantábamos otras dos veces por día, para lavarlo; esta operación se realizaba con mucho cuidado, como he dicho, debido a que sus huesos habían perdido la armonía original y andaban por su cuerpo sueltos y separados, como piezas dislocadas de un puzzle. A veces, al fregarlo, las delgadísimas capas de piel que aún cubrían esporádicamente sus huesos se quedaban entre los trapos; mi padre se pelaba, como una fruta, y bajo la cáscara cada vez más escasa y arrugada el hueso central iba quedando al descubierto, desnudo, afilado y azul, como la aguja de una iglesia o de un reloj.

Fue una de esas veces, precisamente, mientras sostenía los temblorosos alfileres de mi padre, que comprobé algunas afinidades entre él y yo. Antes, es seguro, no las había encontrado en virtud de las diferencias de tamaño existentes entre nosotros, pero ahora que, apoyado en la silla, su encogimiento y descarnación lo habían reducido como una nuez, y que sus huesitos crujían, angostos y separados, como piezas esparcidas dentro de una caja, ahora que todo su cuerpo no representaba, en volumen, la mitad del mío, pude enfrentarme a nosotros mismos, a sus gestos, a sus movimientos, desprovisto del miedo que me había paralizado durante toda la infancia. Fue una experiencia singular. En la silla, babeante y tembloroso como un rollito de tela azul mojado por la lluvia, encogido sobre sí mismo, mi padre me parecía otra cosa, yo podía observarlo atentamente, de cerca, estaba a mis expensas, podía tenerlo en el hueco de una mano, sacudirlo, dejarlo mojar, hacerlo rodar como un balón, colgarlo de la araña, dejar que los pájaros lo picotearan o se lo comieran, abrirle y cerrarle los ojos como a un muñeco de cuerda, meter mis dedos entre los hilitos de sus costillas, intentar soldarle las uñas que se le caían, o dejarlo estar, mientras gemía, sin prestar oído a sus quejas azules. Con un solo movimiento de mis manos, podía hacerlo estallar contra el suelo, como una fruta que se ha caído del árbol por el propio peso de su madurez, y ya en el suelo, su jugo ensucia la hilera de lozas que conduce al jardín. O lanzarlo hacia el techo, contra el cual se ablandaría, como un gusano aplastado por una rueda. Todo esto podía hacer yo con él, desde el momento en que entró en agonía. La situación era tan nueva para mí (este repentino cambio de volúmenes, de tamaño, que traía una sorpresiva transformación en nuestras relaciones, en la proporción de fuerzas que se había establecido desde un principio) que no me adapté inmediatamente a esta inversión de jerarquías. Cuando me acercaba a la bola azul de sus entrañas, del tamaño de un corazón de gato, solía acordarme todavía del hombre alto, robusto, tan alto como un eucalipto, que solía mirarme severamente desde su atmósfera celeste, allá en las alturas, y al cual yo nunca había alcanzado a tocar las rodillas. Siempre lo había visto tan alto que imaginaba dormía en una cama especial, confeccionada para él solo, donde sus terribles piernas largas entraran ajustadamente, como en una caja mortuoria. No era solamente su altura la que me inspiraba el pánico (solía imaginar, en sueños o ya despierto, que al caminar distraídamente por la casa, mientras fumaba o apuntaba números en una hoja que luego guardaría, doblada en dos, en su pantalón, mi padre, los ojos azules y lisos, sin profundidad, fijos en los números que torpemente dibujaba, al caminar, sin darse cuenta me pisaba, tan pequeño era yo al lado suyo. Desde el suelo, presa del terror, yo veía aproximarse el cuerpo negro de su zapato lleno de polvo, pero mis gritos no eran oídos por nadie de la casa, y él me aplastaba distraídamente, haciéndome crujir contra el suelo); también su voz me producía estremecimientos desagradables, sacudidas y terrores, no bien le oía llegar.* Así, casi siempre, cuando le oía llegar desde el interior de la casa (él venía caminando por la calle, bajo el perfume tierno de los paraísos bienolientes, que se desfloraban sobre el suelo, murmurantes, y la perra —mi perra favorita— también olía su presencia, desde lejos, llegándose hasta mí para anunciármela, si es que yo, entretenido con mis cosas, no había advertido su proximidad todavía; Lastenia era ágil como una nube,

* He creído encontrar un tipo semejante de terror en *Los viajes de Gulliver*, de J. Swift, libro poco conocido entre nosotros, pero que se encuentra en el fondo de algunas viejas bibliotecas, entre las guías medicinales y los libros de lectura.

vaporosa, tierna; su ocupación favorita era identificar presencias por el aire a través de los olores, como un catador de vinos que huele las sustancias, levanta la cabeza y emite un nombre, una fecha, sin lugar a dudas), escondía rápidamente aquello que estaba haciendo (nunca pude soportar su mirada implacable, lacerante, sobre las cosas que yo torpemente me preocupaba por edificar con las manos), y cuando él había dado su primer paso dentro de la casa, los míos ya me habían alejado del comedor, del patio, del jardín, dejando detrás la verja, el camino de lacas, las estatuas tan blancas, los ligustros y los canteros de geranios.

No bien lo oía llegar a la casa, apoyar sus manos robustas y grandes, cuadradas, sobre los picaportes de metal, bronceados, lustrosos, no bien sus pasos derramaban por la casa el peso de su llegada, yo huía por las puertas abiertas buscando refugios más dulces. Ésa fue la mayor parte de nuestra relación, mientras gozó de salud: un alternado ir y venir suyo y mío, un apurarse a abandonar el cuarto y trepar las escaleras, matizado por algún encuentro casual en los corredores: él me miraba desde arriba, desde su techo en las nubes, y yo me aplastaba contra la pared; recostado, me encogía al muro, sabiendo que ya no tenía salvación: no bien me había descubierto (solía confundirme con mi hermano Óscar), se abalanzaba sobre mí: «¿Cuál de los dos eres tú?», me interrogaba. Quería conocerme, saber mi identidad. No soy Óscar, no soy Óscar. Óscar es cabizrubio, de ojos pardos, de mirada ardiente; Óscar displicente, seguro de sí, sin temores, avanza audazmente por los patios y corredores de la casa, sin detenerse; busca su camino. Óscar, que no ha vacilado nunca delante de nadie y que está creciendo casi tanto como tú, papá, seguramente llegará a tener unas piernas tan largas como las tuyas, y gritará como tú, y de su garganta saldrán rugidos, bramidos, centellas, crujidos, alaridos, cuernos de caza, bongós, bajos, baterías, alcoholes ahumados, bocanadas de humo y de fuego, mugidos, pájaros azules, árboles descuajados, rumor de troncos, retumbar de puertas, un aerolito, Papá: yo no soy Óscar. «Si no eres Óscar —me contestaba, una vez que había procedido a identificarme—, ve al piano y toca algo de música para mí.»

Yo me dirigía, tembloroso, hasta el lugar del piano. Descorría sigilosamente la tapa —no era que a él le gustara la música; en realidad, los sonidos le eran completamente indiferentes, pero le gustaba (para pensar en sus cosas) que hubiera ruido alrededor, algo que le tapara el rugido, el rumor, el gran trueno que llevaba adentro— y me sentaba en el taburete giratorio, que mi madre o mis tías —no recuerdo bien— habían forrado de rojo. El taburete no era muy seguro o yo era muy liviano, lo cierto es que sentado en él me sentía muy flojo. Repasaba un poco las teclas por arriba, tocándolas apenas, como para iniciarlas en el acto de amor, y después ensayaba unos compases, inseguros, tenues, desvelados. Todo lo que sabía tocar, en esos momentos se me olvidaba, mientras miraba fijamente los do sostenidos o los si bemoles, clavados en sus ataúdes abiertos, esperando que mis manos los oprimieran, enterradoras.

Pero mis dedos, independientes de mi voluntad, se negaban a hundirse en aquellas heladas llanuras; rechazaban el contacto con los monjes negros, en los patios superiores del piano, y cuando de la enorme vastedad conseguía desgarrar un sonido, casi siempre se trataba de un graznido áspero, tenebroso, que por la ventana se descolgaba, como un sombrero negro trasladado por el viento. Como aquel paraguas descalabrado que voló por el aire, sus alas negras precipitándose y fue a estrellarse al suelo, como un enorme murciélago de alas quebradas fue cayendo y yo lo confundí y tuve miedo, todos los murciélagos girando, chillando, chillando, girando sobre mí.

Mi padre me pedía que tocara y yo me sentaba al piano, obediente y tenso; mis dedos se hundían en las soledades blancas y quedaban allí empozados, enterrados, sin poder levantarse. En medio del terror que me cundía, haciéndome transpirar y aferrarme al teclado, mis dedos se inmovilizaban en el lago helado de un sí sostenido, contrito, vibrante y solitario como un niño que llorara, obligado a tocar el piano, que era un mantel de hilo de Holanda, sin vasos, ni flores, ni platos, ni botellas, ni posamanos, ni tenedores, ni cucharas. En medio del cual mantel un sí benigno agonizaba.

Mi padre, que hacía sus cuentas en una silla pequeña, detrás del piano, de pronto advertía la agónica ausencia de sonidos.

—Vamos —me decía—. ¿Por qué no tocas?

Yo, delante suyo, podía tocar pocas cosas. Las cortinas, por ejemplo: a ellas sí las podía tocar en su presencia, porque su clima tan tibio y la suavidad de sus membranas era como un abrigo, un abrazo protector; no me animaba, en cambio, a tocar los vidrios: estaba seguro que cuanto yo tocara en su presencia y fuera de cristal estallaría, dejándome entre las manos una fina red de vidrios rotos, triángulos y esferas transparentes de aristas insinuantes reflejando toda la casa, la casa toda, los muebles, las ventanas y la terrible intensidad de sus ojos persiguiéndome. Yo no soy Óscar, no soy Óscar del cual delirio fui creado.

Mi padre quería que yo tocara el piano, pero mis dedos, como mutilados, se negaban a andar; para entretenerme, mientras seguía sentado, liviano y flojo sobre el taburete de color, pensaba que mis dedos eran prisioneros de guerra, pobres soldados tullidos que volvían a sus casas levantadas en medio de altísimos árboles grises y blancos, jaspeados de hojas color castaño; en invierno la corteza de los árboles estaba agrietada por islotes verdes de humedad que le dibujaban mapas con sus ríos y sus montañas y sus colinas en los costados, y los soldados se entretenían mirando los caminos del musgo por los senderos del árbol, todo estaba blanco de hielo y de invierno, y los lagos eran negros, los soldados tenían frío y avanzaban dificultosamente porque en la guerra habían perdido muchas cosas, entre ellas los dedos de las manos, y ya no podrían más tocar el violín, tocar el piano o la guitarra durante los días de fiesta, cuando todo el mundo se lo pide y ellos se ponen a tocar, alegres y dichosos.

Finalmente mi padre desistía, desesperaba de mi música y se iba, impaciente, por la puerta que separaba el comedor de la sala, y cuando encontraba a mi madre repasando los cristales, lustrando las cafeteras de plata, las doradas lecheras, le decía, mientras terminaba de anotar sus cuentas en la libreta:

—Ema, creo que su hijo es algo tonto. Fíjese en su árbol genealógico: debe reproducir alguna tara de sus mayores. O son sus manías, que lo han vuelto idiota. Debería darle menos cuidados: dentro de poco su hijo se esconderá bajo los muebles, temeroso del aire de la casa. No me extrañaría que hiciera usted de él un inservible, un tonto.

A veces, para restablecerme de las humillaciones que sufría delante suyo, cada vez que quería que yo tocara el piano, dejaba que se fuera, y después de un tiempo, me acercaba mansa y lentamente a él, que seguía de pie, con sus claras teclas abiertas como una sonrisa siempre dispuesta, y muy despacito empezaba a tocarle algunas letras, éstas de la derecha, que eran más delicadas e imitaban tan fielmente el sonido cristalino de las aguas, un claro de luna acuático, un lago por la noche en el jardín lleno de estatuas; las del centro, más equilibradas, que podían sostener toda una pieza, sin alucinaciones, o las de la izquierda, broncas, graves, bajas, hechas para imponer respeto y obediencia. Entonces me acercaba despacio, tocaba una u otra de las teclas, tímidamente ensayaba una escala, un grupo de corcheas se asomaba por la ventana, me saludaban: «Buenos días, Oliverio, ¿cómo está el jardín?», los bemoles desfilaban a prisa, soldados de fiesta, o los sostenidos bailaban en el patio una danza llena de deslizamientos; al fondo el hielo, el ataúd blanco, la procesión de notas redondas sobre el pentagrama.

Fue una de esas veces, como dije, mientras sostenía las tambaleantes piernas de mi padre, flacas y alucinadas como alfileres, que comprobé algunas afinidades entre nosotros. Así descubrí, con sorpresa, dos días antes de su muerte, que teníamos el mismo color de ojos, que solíamos los dos, estando tristes, llevar una de nuestras manos hacia la frente y acariciarla, y que estando nerviosos, tanto él como yo trepidábamos los dientes del mismo modo.

Anoté estas observaciones en mi libreta, y cuando mi madre terminó su limpieza (lo había perfumado con colonia, frotado con formol, le había lustrado el cuello tomándolo de la cabeza que iba y venía como la de un muñeco de cuerda, lavado el cuerpo e introducido un cepillo entre los dientes para sacudirle el polvo de las encías que se apolillaban), lo deposité cuidadosamente, sosteniéndolo entre mis brazos, sobre la cama de ropa limpia y perfumada. Mi padre tenía aún en la nariz la mecha que mi madre le introducía todos los días, a fin de higienizarlo por dentro y evitar así el mal olor que cundía por toda la casa, de mi padre, que se estaba descomponiendo. Pero mis observaciones acerca de nuestros parecidos me habían aportado alguna alegría: ahora sabía por qué lo llamaban padre mío.

V

La obra

—Por mi parte, voy a escribir un libro de cocina.

WILLIAM SAROYAN

Lo que más me molestaba del tiempo que mi padre demoraba en morir era el atraso que eso implicaba en la ejecución de mi obra. Aunque todavía no había decidido bien qué clase de obra sería —no estaba seguro de si se trataría de una escultura, un cuadro, un libro, un puente, una sinfonía, un cuarteto, un film, un fresco, una pintura mural, una exposición de dibujos realizados sobre la cabeza de un alfiler o qué—, pensaba todo el día en ella, y me parecía que la concentración, al igual que el desarrollo minucioso de mi espíritu de observación, eran los requisitos fundamentales para que ella —la obra— resultara perfecta.

No sé decir exactamente cuándo fue que comencé a pensar en ella, pero cuando mi padre —el abedul, el gigante, el dinosaurio, astronauta, ancestral, archisaliente— enfermó, hacía tiempo que yo ya había decidido realizarla, y dedicaba la mayor parte del día a pensar en ella. Fuera lo que fuera —sinfonía, estatua, mármol, celuloide, color, planos, dimensión, imagen, símbolo, arquitectura, puente, prosa, tiempo, poesía—, ella resultaría muy importante, como que sería la suma de todas las cosas que yo encontraba dispersas, sueltas, por el mundo. Mi obra debía encerrar, pues, a todo el mundo, todo lo conocido: bastaba con que yo encontrara el medio adecuado para expresarlo. En mi obra, debía aparecer todo lo que yo conocía, todo lo que imaginaba, lo que había podido ver y lo que no, los rinocerontes, las diversas clases de piedras, todas las películas filmadas con anterioridad a mí y que yo no había podido ver aún, los niños, las calles, las terrazas, las diversas clases de árboles, los palacios desiertos, todos los perfumes, los soldados, los barcos, las islas, los mendigos, las iluminaciones, las guerras, las ciudades bajo el mar, los animales prehistóricos, mi familia completa, los sonidos, la Edad de Piedra, los rascacielos, las pagodas, las casas sobre el agua, los hidroaviones, los venados, todo el árbol genealógico de Lastenia, el oso polar, los pinos, las revoluciones, los sueños, los profetas, las estatuas, los desiertos, las noches, los perros, los escudos de mar, los pingüinos, los corales y las algas.

Como mi obra debía ser tan vasta (todo debía entrar en ella como en un arca prodigiosa y contemporánea), yo pasaba mucho tiempo pensándola, para que nada se escapara; mis tías, por ejemplo, eran tantas y a veces se parecían entre sí a tal punto que me era difícil apreciar en cada una de ellas su singularidad, de modo que aparecieran con rasgos nítidos y perfectamente diferenciables en mi obra. Durante un tiempo, exclusivamente para poder recoger todo el material necesario, sin perder nada, pedí prestado el grabador a mi tío Julián. Pero el procedimiento, aunque muy útil, estaba lleno de dificultades: a los pocos días tenía mi cuarto y la parte que me correspondía de los sótanos llenos de cintas grabadas, cuyo material era tan abundante que hubiera necesitado meses enteros solamente para clasificarlo; las cintas costaban dinero, y eso era otro inconveniente: en la educación, muy profunda y prolija que me habían impartido en el colegio y mis maestros particulares, no figuraba ningún sistema para obtener dinero, nadie se había preocupado por enseñarme los modos de recogerlo y mantenerlo, y yo me sentía totalmente incapacitado para hallarlo. El poco que conseguí fue de maneras siempre casuales: al meter la mano, por azar, en la intimidad —pozo oscuro— de un jarrón, en busca de cosas sorprendentes; al dar vuelta a un cuadro, para investigar su forro; al quitar la cubierta de papel de un libro, para mirar su tapa; allí había —como a veces en los cajones, dentro de potes de polvos o en el brazo hueco de una estatua— pequeñas fortunas, cuya existencia yo ignoraba, pero que irremediablemente pasaban de mi instantaneidad a la caja de las casas vendedoras de cintas.

Cuando ya no hallé más dinero en el camino de los cuadros o de los libros, pregunté por él a nuestra madre. Ella me contestó vagorosamente una historia de transatlánticos y de buques, de joyas, perros, aves de paso, terratenientes, impostores, peces, limoneros y naranjos; me habló de una negra que la educó cuando chica, y que se había venido del África en el fondo de un barco de carga, disputándole la suela de los zapatos viejos a las ratas; de su propio padre, que había andado por un desierto, provisto nada más que de una cantimplora y un retrato de mujer; dijo tres palabras acerca del significado de la Bandera Nacional, y me reconvino porque, según había oído, yo no me había mantenido en pie durante la ejecución del himno patrio, la otra noche, en la función de gala de la ópera. Le expliqué que yo no había querido profanar los símbolos, pero que al salir de la casa había notado que llevaba un escorpión en el zapato; que, por supuesto, no me descalcé delante de las tías ni en el ómnibus, donde todo el mundo me hubiera mirado, y que, en la oscuridad de la sala, mientras todos se paraban a saludar el himno, yo me había quitado el zapato donde un escorpión había anidado. «Lo de los escorpiones está muy bien —respondió mi madre— pero no olvides nunca hijo mío quemar las hojas del otoño en piras perfumadas sin provocar mucho humo, y no toques los muebles sin tus guantes, horribles manchas de dedos podrían aparecer por todas partes.» Yo le mostré mis manos, perfectamente guardadas en sus cárceles de franela gris, e insistí con el tema del dinero. ¿No podría encontrar ella un poco, para mí, entre sus trastos? Esta vez me sonrió con perfecta simpatía: «Me gustas más que Óscar. Eres más sincero. Creo que te pareces un poco a mí. Él, en cambio —agregó con un do grave, bajo, de rencor—, es parecido a su padre.» Yo me alegré de que mi padre fuera, por un rato, solamente el padre de Óscar, y no el mío. A lo mejor yo no tenía padre, había sido engendrado en el vientre de mi madre por un relámpago fugaz que la sorprendió desnuda por el cuarto, mientras se acostaba, o ella había tocado el tronco robusto de los castaños, y seducida por su perfume, se había llevado la mano impregnada de esencia hasta allí donde el vientre terminaba en hondonada, del cual perfume yo había resultado vivo; quizá, bañándose en la playa, un lento escarabajo trepando por sus piernas se había introducido en su óvalo rosado, e, incapaz de detenerlo, él la había fecundado allí donde ella se agitaba. O fue el agua de lluvia que le implantó su plata entre las piernas, le acarició los bordes de su tela y entró a desatarla.

Quizá nací de una planta que aprendía a abrazar ciñéndola tan estrechamente. O mi madre me tuvo de un libro que leía por las tardes, poniéndose a llorar en los fragmentos que fueran más tristes. Fuera como fuere, esa tarde, como tantas, ella me prefería a mí antes que a Óscar y yo la seguía por el camino de las dalias, hasta el sótano. Iba tomándome del borde de su pollera, para no caer en los pozos que habían dejado las plantas, al ser arrolladas, desenraizadas, descuajadas, en un ataque de furor, por mi tío Alberto, una noche de perfumes intensos, terror, pasos furiosos y delirio. Él las había tomado de la cabellera, de los largos cabellos verdes que les nacían por encima del cuello, y prendido de aquellas finas hebras, las había sacudido con desesperación, arrancándoles los pelos que esparcía por el suelo, o que le quedaban adheridos a las manos, largando su verde saliva. Aquel ataque de furor de mi tío Alberto duró media noche, y en ese tiempo, todos los demás, alrededor del jardín, contemplamos despavoridos su macabro furor: por el suelo iban quedando, descuajados, estrangulados, los tallos erguidos que tanto tiempo adornaron nuestra casa: como cadáveres que el tiempo hubiera entristecido y teñido de oscuro, agonizaban sacudiendo apenas lo que les quedaba de los cuellos. Cuando terminó aquella amarga noche y fuimos a revisar el jardín, el espectáculo nos llenó de tristeza y de conmiseración. Por todos lados yacían los tallos deshechos, y a su lado, grandes bocas se abrían, por donde la última saliva hacía espuma, menudos gorgoteos de vida; todavía goteaban, hacia las cuevas profundas de la Tierra, algunas gotas del agua que alimentara los geranios, y como sábanas blancas, se extendía una vasta alfombra de azucenas y azaleas, heridas de muerte, despetaladas, como pálidas enfermas en una gran sala de hospital. No me gustó el olor a muerte y a cloroformo, el olor de las flores muertas; hicimos grandes coronas con las que fuimos recogiendo, y que, con los cuellos quebrados, inclinaban sus cabezas como mujeres cansadas de vivir, después de un entierro o de una inundación. Todos los primos nos fuimos acercando por el patio hasta el jardín, y despacio, en silencio, nos inclinábamos a contemplar los estragos dejados por Alberto; solitarios, silenciosos, como apenumbrados hechiceros de una noche incrédula, como cansados, vencidos soldados de un imperio perdido que aún, entre las ruinas, vacilan y miran amorosamente, con nostalgia, los despojos que han quedado, como monjes exiliados y nocturnos que rondan y vagan alrededor del convento clausurado, nosotros nos pusimos a recoger los helechos quebrados, las amapolas partidas, las dalias destrozadas, las lánguidas lilas, los claveles descuajados. Con todas aquellas flores desterradas hicimos coronas, que sostuvimos con varas de mimbre y con hilos de alambre que les colocamos entre los cuellos, para mantenerlas erguidas; en negra procesión llorosa, fuimos depositando las coronas de flores al borde de los grandes huecos, de las fosas que habían quedado allí donde la furia de mi tío Alberto había arrancado de madre a las plantas; de modo que aquellos grandes hoyos negros, donde toda una negra ciudad interior podía mirarse, fueron rellenados con coronas, para que los pozos no nos recordaran el antiguo reino, la ciudad de flores que habíamos plantado. «Es mejor así —decía mi tío Alejandro, mientras nos ayudaba con las coronas—. De este modo nadie podrá mirar a lo hondo de la profundidad de la Tierra, y enamorarse de sus cavernas, y ser tragado por esa boca que supura. Que nadie se incline a conocer lo que guarda la Tierra dentro de sí, porque desaparecerá.» De este modo, tapando los agujeros, nadie se sentiría inclinado a hundir su mano en el hoyo profundo, a registrar esos pasadizos, a auscultar sus misterios, a introducirse en sus calles negras y sus ciudades de tentación y de pecado, con lo cual la familia disminuiría, porque era seguro que la Tierra terminaría por devorárselos, ávida como estaba de recibir en sus entrañas la mano del hombre. «Hay que cuidar especialmente a los niños —recomendaba mi tío Alejandro, que desde la muerte de mi padre había venido a sustituirlo—. Su curiosidad puede ser nefasta: querrán conocer esa ciudad nocturna del fondo de la Tierra, sus pasajes secretos, sus luces amarillas, los ríos que la recorren, la música pegadiza de los insectos con los cuales ella se entrega a horrendas ceremonias; después, querrán saber cómo se entra, cómo se sale de ella, y hundidos en sus pozos, aspirarán a hacerla temblar, a estremecerla, creyendo ingenuamente que ella los ama; después de esto, todo estará perdido.»

Todos tomamos en cuenta sus advertencias, y no nos atrevimos a investigar esa ciudad profunda, larga y honda como un túnel que nacía allí de la boca aparentemente inofensiva de la Tierra; yo a veces me asomaba, y sentía un no sé qué de deseos de introducir mi mano; quería tocarle las casas, los techos, los labios, las rugosidades; quería oprimirla, o ser un insecto, hundirme en sus cavidades y hacerle música por los patios y las ingles; pero nunca me atreví a echarle una mirada: tenía miedo de hundir mi mano y de no poder sacarla más, y quedarme toda la vida medio metido en el agujero, con el cuerpo afuera y el brazo adentro; entonces sería muy triste vivir así, los pájaros me volarían por encima, vendrían volando sobre mi cabeza y al verme allí atrapado no tendrían miedo de mí y bajarían a clavarme sus picos, a revolverme las costillas, a hundirme sus uñas en la piel de las piernas y del brazo que tuviera libre, y yo no podría espantarlos; chillarían horriblemente a mi alrededor, y mi madre vendría con una estaca, pero cuando ella llegara yo ya estaría sangrando, la mano toda metida en el interior de la Tierra, en su óvalo oscuro, y llegarían las noches con sus lunas, todo el mundo durmiendo menos yo, solo en el jardín, con las estatuas a mis espaldas que se asomarían hasta el agujero, hasta el pozo donde yo estaría medio metido, y me mirarían con pena, pero ellas nada podrían hacer, porque tendrían orden de no moverse y además Alejandro me ha dicho que las estatuas les temen a las tumbas, porque a veces alguien las coloca cerca, cerca de las tumbas, y ellas no soportan el olor a muerte y la caricia fría de quienes ya no viven más que de noche, cuando todo está en silencio. Todas las estatuas juntas no podrían sacarme el brazo de la boca abierta de la Tierra, donde yo lo habría metido por mi culpa, y entristecidas, ni siquiera querrían hablarme, por temor a contagiarse.

Tuvimos que atravesar un largo camino lleno de hierbas altas y de ramas tan filosas que, si tocaban, trozaban la cara. Toda aquella vegetación había crecido después del accidente de mi tío Alberto. Como ya nadie se preocupaba del jardín, todo aquello que el viento arrastraba hasta sus lupanares, allí prendía y germinaba. El jardinero, convertido a la astronomía hacía meses por la constancia de mi tío Andrés, no se preocupaba más por cuidar las plantas, recortar lo que les sobraba, eliminar las hierbas, limitar el crecimiento de las enredaderas o de las acacias. Yo creo que el viento arrastró muchas cosas, esa estación, para olvidar lo que mi tío Alberto le había hecho a las plantas; de manera que todo el suelo se cubrió, pero ahora no eran los canteros prolijos, los senderos cuidados por donde antes paseaban las visitas, o instalábamos las luces, junto a los pájaros disecados; ya no había más glorietas, ni paraísos podados, ni magnolias que apenas se movieran, dueñas de magnífica calma; ahora era una vegetación salvaje, amenazadora, que crecía sin límites y acechaba la casa, relegándonos al interior; yo a veces pensaba que un día amaneceríamos sitiados por los árboles, que nos cerrarían puertas y ventanas, dispuestos a ahogarnos; las ramas se entrecruzarían, mezclando sus hojas, y en la oscuridad profunda que nos tirarían a la cara, irían apretándonos, hasta ahogarnos. Creo que Alejandro debía pensar algo similar, porque suavemente, para que las mujeres no se asustaran, había encargado a los carpinteros que cavaran, en los sótanos, pasajes subterráneos que en caso de auxilio, servirían para trasladarnos fuera de la casa. Pero el crecimiento de los árboles era tan vertiginoso, la madeja de ramas se tejía tan velozmente, que aunque mi tío les diera orden de apurar, de acelerar la excavación, cada día, al despertarnos, veíamos menos la luz de afuera, el follaje nos aislaba más del exterior, ciñéndonos al interior de nuestra casa, como a un museo. De esto las mujeres no se daban mucha cuenta, atareadas como estaban todo el día en la limpieza, fregando paredes, pisos, lustrando muebles, metales, limpiando vasos y cristales; pero yo quise más de una vez asomarme por la ventana (mi tío Alejandro vigilaba a mis espaldas, en silencio, procurando que mi observación no fuera muy profunda), para mirar hacia afuera, y sólo conseguí ver una delirante proximidad de ramas negras, de troncos severos cuya solidez y fortaleza asustaban; un complicado tejido de hojas, cuyos tallos era imposible descubrir; una trabazón circunscribiente de lianas, filamentos, cortezas, maleza, monte, ramas a caballo, ramas de pie, hojas lameparedoras, hojas lamelabrisas que formaban un gran escuadrón de combate, fiero y silencioso. «Los persas nos acechan», decía a veces mi tío Alejandro, como único comentario. Fue en la época que nos prohibió salir de la casa («Todo está aquí, como en un arca»), al tiempo que comenzaba a guardar, en una pieza vacía, gran cantidad de combustibles y de material fácilmente ardientes. Yo pensaba que a último momento, si los carpinteros no le ganaban a los árboles, él incendiaría el jardín, para salvarnos.

Por el camino cubierto de vegetación, de altísimos árboles oscuros que miraban amenazadoramente hacia abajo, descolgando sus ramas sobre nosotros como terribles hachas llenas de brillo (por el camino, «Yo no les he hecho nada. Fue mi tío Alberto», gritaba yo, para evitar la venganza de las plantas), yo marchaba detrás de mi madre, lleno de miedo, sosteniéndome del borde de su pollera y arrastrándome a veces por el suelo, evitando los pozos negros y profundos que aún mantenían sus bocas abiertas, entre las hierbas y raíces crecidas. El vestido floreado de mi madre. Yo la recordaba de muchas maneras, especialmente mientras dormía, pero el vestido floreado, de larga cola, era el que más me gustaba, porque con él ella parecía desligada de la casa, de mi padre, de mi hermano Óscar, sólo referida a mí y al piano. Mientras ella me contaba historias tristes de barcos hundidos o naufragados, de antiguas coronas extraviadas en el filo de las barajas, historias de poderes que se fueron en las patas doradas de las sotas, o historias de mujeres encerradas en sus cofias, cuentos de hechiceros y murciélagos, sodomías, alquimias y otras cosas, yo le miraba las flores blancas del vestido, entre las plantas, que parecían las de una muerta. Yo le tocaba con unción y recogimiento el borde del vestido mientras caminábamos; la Luna era tan blanca como los senos descubiertos de Artemisa, en la glorieta, y tenía su misma apariencia láctea; yo ya había sorprendido a mi primo Gastón, una noche, a la hora que el piano no sonaba —la hora del sueño— acercándose disimuladamente hacia la primera estatua de la fila, junto a la fuente; era de noche y nadie lo veía, sino yo, que aún no me había quedado acostado, por temor a los sueños de una noche tan blanca, y por perseguir el sonido de una cigarra que chillaba entre las plantas; Gastón tenía puesto su sombrero de explorador de ala torcida, con una pluma de gavilán en la cima, y se deslizó entre las sombras del jardín, pasando fugazmente de tronco a tronco, como la ávida mano de un ladrón que registra paredes, buscando aberturas, buscando molduras; eligió la primera estatua de la hilera, no sé si porque le gustaba más o porque era la más próxima; trepó rápidamente el escalón de pórfido sobre el que blandamente Artemisa se apoyaba, rodeó con sus brazos negros la cintura inocente de la diosa, y clavó sus dientes en el seno blanco, desnudo, hasta los pezones, donde los dejó prendidos, como los extremos afilados de un broche que pende, como las venenosas patas de un insecto que inyecta su veneno allí donde toda blancura se inicia, el contorno ardiente de los labios succionando el agua fría que transpiraba el mármol. Se quedó allí casi media hora, demorado, quieto, ardiente, exhalando suspiros que circulaban entre las plantas como un viento de delirio; cuando se cansaba de exprimir una de aquellas flores blancas, sin soltar el abrazo se lanzaba hacia la otra, que pendía del seno como de una rama, encerrando los duros pezones de la diosa en la cárcel lujuriosa de su boca; así pasó la hora de la noche, no sé hasta cuándo, porque a mí me dio sueño y me fui a dormir. Al otro día revisé escrupulosamente el cuerpo de la diosa; trepé yo también el escalón de pórfido y fui a mirar donde la huella de los dientes de mi primo debía notarse; solamente hallé una mancha azul, lágrima de magnolia llovida al alba; los dientes no la habían herido, pero noté la mirada de la estatua más triste, esa mañana, que los demás días. Esto confirmó mi sospecha de que las estatuas no querían a mis primos; casi todos ellos las trataban brutalmente, poseyéndolas o quebrándolas en cuanto estaban solos; ellas no reaccionaban, pero si se quiere, sus miradas se volvían más tristes, más lánguidas, cuando pasábamos junto a ellas. Yo pensé soltarlas a todas, una mañana, para que se fueran por el camino del cementerio hacia afuera, hacia la calle, pero les tenía tanto cariño que su ausencia en el jardín, por las noches, me iba a poner casi loco; estaba acostumbrado a pasearme entre ellas, a cualquier hora, tocándolas apenas con el extremo dulce de una rama en su gema, o acariciarlas suavemente, cuando nadie me veía; también era el encargado de lavarlas, una vez cada quince días, cuidando que el polvo, el musgo o la humedad no las marcara. Ellas agradecían estas atenciones mías mirándome con cariño, cuando me les acercaba, y yo siempre estaba esperando una palabra suya. Un día se animarían a hablarme, y entonces yo las dejaría sueltas, pero no quería pensar en la tristeza de los paseos nocturnos por el jardín sin verlas. La tristeza de su ausencia me mataría, estaba seguro.

El vestido floreado de mi madre. Y las flores eran blancas, las del vestido, como eran los pezones de la diosa, que parecían dos capullos blancos, endurecidos, y mi madre se balanceaba entre las plantas, cantándome una canción antigua, cuya melodía me agitaba por las noches, sin poder dormir, todo el piano callado y mi madre cantándome, cambiándole la letra cada vez, yo siguiéndola, yo detrás suyo tratando de retener las flores del vestido, la letra blanca de la canción que iba y venía la luna cayendo vertical sobre las plantas que se agitaban como la letra que ya no recordaba cántame mamá cántamela letras blancas flores de música que se deshacía no bien se la cantaba por el camino que Alberto había destrozado las flores de velorio las flores enlutadas menos las que adornaban el vestido de mi madre andando por el camino. Yo detrás alzándole la ropa «*Y-é-ra-laprima-véralarilalá. Y-éraelcami-noscúro-larilaró dejándo-porel-sen-dé-ro las trístes melanco-lí-as; Un ní-ño va de la má-no-Y yo voy a-sí can-tán-do Por el sen-dé-ro del mes pri-méro que dá-el Am-óoor*», ella mirándome yo mugiendo ella cantando yo encogido ella me mira yo me trepo por sus piernas hasta los duraznos bájame. Bájate ella cabizbaja alcanzo las frutas más puras, las que están más cerca del cielo de luna clara (ayer apenas se abrió la flor) y me sereno mamá me baja me ventila me canta una canción yo me arrimo arrimante mojo mi hocico en la humedad de las plantas y lo arrastro suavemente por sus piernas ella me seca la cara las manos los cabellos le doy pequeños topitos, juego a quebrarla mamá durazno una gran planta la noche de luna por el camino que Alberto desciñera todo el jardín abandonado.

«Quizá no debiera, quizá no estuviese bien tener por causa de él aquel dolor que, de pena, pone y punge disgusto y desengaño.» «Esta carta, mamá, te la dedico con todo amor, desde la orilla, el borde de la hoja desde el cual estoy escribiendo para decirte que por fin todo se ha acabado. No podrás imaginar nunca la alegría que esto me produce. Saber que por fin todo ha estallado, por los aires, por los vientos, hecho apenas un redondel de gas que se desintegra sin dejar rastros, huellas ni señales. He esperado tanto este momento que ahora no sé qué hacer de él. Irán cables anunciándote cosas de mí, de ti, de nuestra fauna sideral; recíbelos con esmero, eran viejos amigos míos, después encuadérnalos, archívalos, se necesitarán varios documentos, miles de documentos para poder sobrevivir tantos años.»

Cuando llegamos a los sótanos, la noche había acabado. Entre los trastos, mi madre halló una vieja linterna seguramente sin luz, ciega, atolondrada, escudos antiguos, de nuestros antepasados, que criaban musgo y hostilidad, algunos clavos vencidos, dados vuelta, mirando hacia otros lados, un crucifijo ahumado, la mano de Jesús separada del resto del cuerpo por un golpe audaz de lanza; un escudo de mar, muy blando y bien conservado, que tenía una estrella de cinco pétalos dibujada, todos con su nervadura central; del otro lado del escudo de mar la flor se estiraba, perdía simetría y un gran ojo miraba despavorido la confusión de afuera; yo, por mi parte, encontré dibujos antiguos, donde las líneas negras se multiplicaban diseñando siempre modelos terribles en su expresión, una espada seguramente medieval, verde y dorada, que me resultó imposible levantar y dos monedas arcaicas, con el perfil de un presidente defenestrado, que ya no se usaba; hice con todo lo que pude encontrar un bulto, y me lo llevé al cuarto, seguro de que podría utilizarlo en algún momento en la realización de mi obra.

VI. Oliverio

El llanto

A veces las cosas no funcionan bien, como es debido, y entonces me pongo a llorar. Empiezo por llorar despacio, sin hacer mucho ruido, para no despertar a nadie de la casa. Pero a poco la boca se me estira, se me alarga, como un pez que quiere salirse de la red, hago agua, como un bote que no ha sido calafateado, y ya sin darme cuenta estoy llorando a gritos. Lloro a gritos para llamar la atención de alguien, dijo el médico, no sé de quién. Una vez estaba en la confitería con mi madre, tomándome un helado de frutilla y de limón (lo elegí por la combinación de colores y no por el sabor), y vi una mujer muy sentada en una silla delante de la mesa donde le habían servido un pocillo de café. Pero la mujer no bebía del pocillo blanco, ni mojaba sus labios en la infusión. Escribía con tinta azul sobre una hoja muy rosada, y el efecto de los colores mezclados era muy bonito, aunque es seguro que lo que ella escribía debía ser algo muy triste porque esa mujer lloraba todo el tiempo mientras escribía. No lloraba a los gritos, como yo, sino de una manera muy tierna, íntima y frugal, como si el llorar en ella fuera tan habitual como

53

respirar o entornar los ojos rítmicamente, cada tanto rato. Parecía que llorar fuera algo común, natural, intrínseco de los ojos, tan espontáneo en ellos e involuntario como el mirar. Miraba y lloraba; escribía y lloraba, y si levantaba los ojos para vernos, también lloraba, sin énfasis, moderadamente. Yo pensé que a lo mejor no era muy triste aquello que estaba escribiendo, ni muy doloroso; o a lo mejor era que el llanto se había instalado en sus ojos, estacionándose en sus pupilas, como un viento muy fuerte o una estación que no se nos desprende del recuerdo. Quizás el dolor era un hijo muy querido que se lleva adentro y no se muere nunca, y uno no puede quitárselo, con un gesto, como se separa el pelo de la frente, cuando molesta.

Yo no sabía qué era lo que ella escribía sobre la hoja de papel rosado que se abría delante suyo como la piel de un crustáceo rojo desplegado (abiertas las valvas de anchurosas bocas), pero pensé que alguna vez yo también sentiría ese dolor, lloraría ese llanto; pensé que no mucho más tiempo distante, yo también me sentaría delante de una mesa de café a escribir y a llorar, sin sentido, escribiendo cosas diferentes pero llorando el mismo agua. Así mismo ha sucedido, y he conseguido un poco de dinero para sentarme en la silla de la confitería, encargar un café en pocillo blanco, que el mozo me ha traído con recogimiento, y ha dejado servido sobre la mesa. Yo he sacado una hoja blanca de cuaderno, la he desplegado sobre la mesa y he tomado el lápiz. No sé aún qué escribiré en ella, pero ya he comenzado a llorar. La gente de alrededor pensará que estoy escribiendo cosas muy tristes, que he perdido a toda la familia, a mi madre y a mis parientes, que estoy muy solo, que soy un pobre niño, que la infancia está desamparada y me mirarán con ternura y benevolencia, en tanto llore. Aún no he escrito una frase entera (no sé si hablar de los pájaros, del cielo, de mi prima Alicia, de Lastenia, o contar cómo fue que murieron ahogados los cachorros), pero ya he llorado una buena cantidad de llanto, una buena jornada de agua; siento flotar a mi alrededor la conmiseración ajena. No sabrán que lloro porque quise ser la mujer aquella que lloraba un agua tan benigna una tarde, en la confitería, mientras se le enfriaba el pocillo con café, la letra azul que apoyada en la hoja celeste resbalaba, al confundir la tinta de la pluma con la tinta de los ojos, una gran gota de llanto cayó sobre la hoja, quedó temblando, en la cual se disolvió entera una palabra, ella tomó la pluma, muy suavemente fue separando las letras de aquel redondel de llanto, en pequeñas venas azules deshiciéronse las cifras, era una gran A que bailaba en una fuente, y por eso yo lloro ahora, porque aquella tarde prometí que ése sería mi llanto, a la hora de la tarde, en la confitería, escribiendo, llorando, llorando, no sabiendo qué.

Y ahora que he sido por un rato la mujer que llora, que escribe, que llora y escribe, escribe y llora en la mesa de la confitería, detrás de las cortinas de hilo blanco, me siento un poco mejor, el viento arrastra mis gotas de agua encima de la mesa, he llorado bastante, el mozo viene a secar la mesa, no tanto como para que el agua rodara hasta el asiento, guardo la hoja en la que no he escrito más que palabras aisladas, sacras palabras, pues han sido bendecidas por el agua bautismal, y salgo a la calle, seco de todo llanto.

Lloro para llamar la atención de alguien, según dice el médico, que me ha hecho muchas preguntas, que yo he procurado contestar con atención. No he sido falso, juro, en nada. Yo también estoy cansado de llorar y quisiera ayudarles, y ellos parecen ofendidos porque yo no sé detener el llanto, tener los ojos secos, porque yo no puedo dejar de llorar cuando quiero o cuando ellos quieren. Me miran ofendidos, si estoy en la mesa o acostado, o si estoy mirándolos mientras trabajan o calculan, y cuando sorprenden la vena de mis ojos que se ha salido de cauce, cuando sorprenden mis ojos anegados, envueltos en llanto, de los cuales el agua mana como de una vertiente o de un surtidor inagotables, se ponen de pie, amenazantes, y me dicen: «¿Por qué lloras?». Yo casi nunca puedo contestar en seguida, ahogado como estoy por esas corrientes que me bajan y se cruzan entre ellas, peleando por mojarme el rostro; hago esfuerzos por contenerme, por responder, pero nunca tengo éxito inmediato; quisiera decirles que me dieran un poco de tiempo, es muy difícil llorar y hablar a la vez, y ya he visto en el espejo los efectos desastrosos que esa conducta produce: los ojos se me angostan, apretados, hundidos en un lecho líquido; las aletas de la nariz tiemblan, como dos mariposas a punto de quemarse; por las mejillas resbala, a la par del agua, un estremecimiento fláccido de los músculos, tensos antes, cuando procuraban refrenar el llanto, y la boca, disuelta en saliva, pierde el control de sus labios, de su lengua, de su forma. «Te hemos preguntado por qué lloras», insiste mi padre, o mi tío, o mi abuela, o mi hermano, o mi otro tío, o mi primo, o mi maestro, o mi edecán, y dicen: «Te hemos preguntado», aunque sea uno solo el que ahora me ha hablado, recordando quizás a los otros, a todos los demás que ya me han preguntado cientos de veces por qué lloro. Y como no consigo responder algo satisfactorio (efectivamente, no me duelen las muelas, ni el estómago, no deseo nada especial, he aprendido la lección del día, no se ha muerto mi perra, no me he caído, ni lastimado las rodillas, no he disputado con mis primos, no he perdido algo muy querido, no tengo miedo de la oscuridad, de los ruidos, de los hombres desconocidos, no me apena nada, estoy en buen estado de salud, mi ropa es limpia, en mis bolsillos hay dinero, caramelos, escarapelas, botones, retratos de la familia, voy de paseo, tengo una pieza llena de juguetes y de entretenimientos, he aprendido a nadar, a andar en sulky, a manejar una avioneta, a calcular, a leer poemas, sé la geografía del África, cuál es el período de reproducción de las especies, me construirán un laboratorio, mi madre me ama), mi padre, mi tío, mi abuela, mi hermano, mi otro tío, mi primo, mi maestro, mi edecán se enerva, y termina gritando: «Por favor, di por qué demonios lloras», y yo corro a refugiarme entre las plantas del jardín, porque los gritos de mi padre, de mi tío, de mi abuela, de mi hermano, de mi otro tío, de mi primo, de mi maestro o de mi edecán me asustan, me estremecen los oídos, me hacen correr apresuradamente la sangre, y con ello, lloro mucho más todavía. Entre las plantas, lloro despacito. En primer lugar, porque a las estatuas no les hace nada que yo llore, no les importa, y nunca me dicen nada; no les parece ni bien ni mal mi actitud, y si lloro sentado en alguno de sus bordes o en las bases de pórfido o de mármol que las sostienen, y mojo de paso un poco la tierra del suelo, a ellas les es indiferente; siguen luciendo su desnudez, haga llanto o no, siguen recogiendo flores, pulsando el arco o la lira, sin que un poco más o menos de agua les varíe la vida. Ellas protegen su vientre con la mano delicada que las cubre, inclinan su seno sobre la boca herida de un ciervo o desatan sus cabellos, durante siglos, desde que las han puesto en el jardín de la casa, para que decoraran la arboleda o cuidaran las plantas, y nada las mueve de eso, ni mi llanto las preocupa.

Entre las plantas, lloro despacito. Mi primo menor, Horacio, que es inocente (pues aún no ha descubierto quiénes son sus padres, por cierta tergiversación de papeles que se produjo el día de su nacimiento) y suele andar detrás mío, siguiéndome los pasos (aunque es tan pequeño que a veces parece que los juncos lo fueran a enterrar definitivamente, separándolo de nosotros), me mira llorar finito entre las plantas y piensa que las estoy regando. «Échale un poco a ésta, que está tristecita», me dice, señalándome unos tallos flacos, que parecen agobiados por el peso de sus hojas. Yo voy hasta allí, me siento encima de una piedra que sobresale, y lloro un poco sobre la planta, que absorbe ávidamente mis lágrimas. La tierra se humedece, a poco, y la planta, al otro día, amanecerá erguida. Horacio corre hacia la esquina de un cantero. «Ésta, ésta —me grita— se está secando», y yo, mansamente, lo sigo, para regar las demás plantas. A veces él también se cansa de correr entre los canteros y se detiene, a sentarse en el suelo. «El agua se cansa», dice, o me pregunta qué pasará el día que toda el agua se me seque. Yo estoy un poco cansado de llover sobre las plantas, pero no se lo digo nunca, para no decepcionarlo. A veces se entusiasma tanto, corriendo entre las plantas o mirándome mojar las estatuas, que dice que cuando llegue a grande, será, como yo, regador de llanto. Yo le he dicho que éste es un oficio un poco triste, como el de un poeta o el de revolucionario.

Si dejo de llorar un rato, las mejillas se me secan, aunque ya están muy delgadas y transparentes y se ve toda la circulación que tienen por dentro, de arterias, de venas, de sangre y de agua, y es como mirar de noche el tránsito: líneas de luces, por las avenidas, coches negros y brillantes, carteles luminosos, subterráneos y mucha gente cruzando las calles; yo me miro a veces, en el espejo, los caminos que hace el agua antes de caer, y pienso de dónde me viene a mí esa fuente, ese manar. Cuando se me hincha mucho una vena de la frente, gris o azul, es que hace mucho tiempo que no lloro, y aunque nada ha cambiado, estoy por lanzarme a llorar. Entonces la familia se da cuenta, al mirarme, y comienzan a anunciarlo: «Oliverio va a empezar a llorar», dicen. O: «Sáquenlo de aquí, porque va a manchar los pisos encerados», o «¿No podrás hacer un esfuerzo y continuar sin llorar?», o «Ema, el niño está a punto de llorar otra vez. ¿Qué hace ese médico que no lo cura?», o «Ya está otra vez. ¿No habrá algo que lo detenga?». Procurando que no vuelva a llorar, me llenan de dulces, de comida, de juegos, de paseos o distracciones; me llevan a andar en bote, a montar a caballo o a mirar los animales del zoológico; de todos modos, en la mitad del chocolate almendrado he encontrado un trozo que se resistía a mis dientes (apenas una membrana blanca difícil de morder) y me he puesto a llorar, desbordadamente; o al masticar un pedazo de pastel, he recordado algo triste (la dureza del asfalto en la calle, donde alguien mendigaba) y ya otra vez el agua anega al comedor; al ser movido en la rueda giratoria por la gran máquina que muge, he visto, a la altura de los árboles, el nido desguarnecido de un pájaro, y me he echado a llorar, o al remar, en el bote, al lado de mi tío Andrés, la dulcedumbre de los cisnes deslizándose en el lago me ha puesto muy triste; a veces, sorpresivamente, contemplando los tiernos juegos de las focas en el agua del estanque del parque zoológico, también he roto a llorar, y mis lágrimas les han mojado los ojos, pero ellas no lo han notado, confundidas entre sus propias aguas. «Esto no tiene arreglo —comenta mi tío Andrés—. Este niño ha de llorar toda la vida.» También he llorado cuando mi maestro me explicó que todo número multiplicado por cero arroja el espeluznante resultado de cero. No he podido aceptar este conocimiento; me he negado a admitirlo, llorando. El maestro, que es muy suave, ha querido explicármelo de varias maneras, pero todas las explicaciones que me ha dado, me han provocado llanto. No puedo soportar que un hermoso veintiséis se disuelva, desaparezca, quede reducido a cero, no bien lo hemos multiplicado por la nada. No puedo entender que la nada alcance a reducir a nada las diversas cantidades. Me he resistido a aprender las matemáticas, a partir de este convencimiento. El maestro ha tratado blandamente de disuadirme. «No veo por qué ha de conmoverte la importancia del cero —me ha dicho—. Que veintiséis por cero arroje el resultado de cero no es más triste ni más doloroso que si de la multiplicación de veintiséis por cero resultara, por ejemplo, veintiséis o veintisiete.» Él no comprende los matices; me ha sido imposible explicarle lo terrible que es anotar, al lado de un bonito número de dos cifras, un cero redondo y boquiabierto, que termina con todo, incluida la respiración. Como a partir de la multiplicación por la nada me he negado a aprender matemáticas, hemos pasado a la geografía. Aquí me desempeño mejor, aunque he vuelto a llorar, cuando delante de un inmenso mapa, se me ha explicado la parte de continentes que corresponden a países desarrollados y la otra, la enorme cantidad de territorios habitados por seres hambrientos. Por suerte, según el maestro, a nosotros nos ha tocado vivir en la parte del mapa que corresponde a los que están más desarrollados, pero el llanto me inundó cuando recorrí con el puntero esas bonitas llanuras verdes, esas mesetas o esos ríos al borde de los cuales viven poblaciones enteras de hombres famélicos. «Eso es así», me ha dicho el maestro, repasando los conocimientos. Le he preguntado cuándo dejará de serlo, pero él ha hecho un gesto vago con los hombros; ahora que me he enterado de eso, no pienso recibir una sola clase de historia; tengo la seguridad de que él querrá hacerme aceptar la existencia inmemorial de tantos muertos, de tantas hambres, de tantos sufrimientos, al lado de unas pocas riquezas y de unos pocos miles que han vivido alegremente, y estoy seguro que no encontrará una sola razón para justificar esa diferencia.

El maestro también ha ido a hablar con el médico. «Él quiere llamar la atención de alguien», ha dicho el médico, y el maestro, mis tíos, mi abuela, mis primos, mis hermanos, mis primos segundos, mis tías, se han puesto a repetir la frase, de modo que por la casa lo único que se oye es: «Él quiere, llorando, atraer la atención de alguien.» Parece que esa fórmula los ha dejado muy satisfechos; al punto que cuando, en la mitad del comedor, mientras almorzamos, en el momento de llevarme una rodaja de carne de ave a la boca, sin saber por qué, sin poder detenerlo, el llanto me ha vuelto a salir, la tía Heráclita se ha vuelto hacia su izquierda, y ha comentado al oído de la abuela Clara: «El niño quiere atraernos la atención», y todos me han mirado, benévolamente, como si ya no fuera culpa mía el ponerme a llorar. Tanta atención me ha hecho llorar más fuerte aún, porque no deseo el pan, el agua, el botellón de vino, la fuente con frutas secas, la servilleta blanca, el plato con bordes dorados, el servilletero en forma de faisán, la aceitera de porcelana, la copa de cristal que me acercan, que me alcanzan solícitos todos los integrantes de la mesa; ni quiero sentarme al piano, como me ofrece la abuela Clara, ni quiero mirar un rato por la ventana los laureles en flor, ni quiero que enciendan las luces, que coloquen un disco en el pasadisco, ni quiero que me lleven al altillo, a revisar los baúles llenos de sorpresas del pasado. Me he levantado rápidamente de la silla, he corrido al jardín, entre las estatuas, y me he puesto a llorar despacito, solo entre las hierbas, de cara al suelo.

Cuando entré al consultorio del médico yo no lloraba, y esto fue interpretado por él como un buen síntoma: yo no me resistía a su asistencia. Iba a explicarle que el hecho de que en ese instante tuviera los ojos secos no significaba nada, que tan luego me vendría el llanto, sin ningún motivo, y que era exactamente lo mismo estar o no llorando en ese momento, porque nada significaba secar o regar, pero temí desalentarlo, pensé que si yo le decía eso se iría a deprimir, quizá consideraría fracasada su carrera, y no le dije nada, para no entristecerlo. No quería decepcionar a un señor tan serio, tan seguro de sí mismo como parecía dentro de su uniforme blanco, con una inscripción en el bolsillo en letras azules que era como una distinción, con el canuto plateado de su lapicera fuente sobresaliéndole, como el arma definitiva que podía o no emplear, según la gravedad del paciente. Al principio, me trató secamente, y yo me di cuenta que eso era para aparentar que se trataba de un hombre muy importante, que su profesión era difícil y que las cosas que se trataban allí eran sumamente delicadas; quería aparentar gravedad, para ganarse el respeto de la familia (de la tía Heráclita que había ido con su esposo, Tolomeo; de la abuela Clara que, nerviosa, se restregaba una y otra vez los lentes; de mi tío Andrés, que caminaba de un lado a otro, murmurando cosas que querían significar su desprecio por las ciencias convencionales, pero en definitiva, que él no se oponía a ningún intento por curarme; de la prima Mariana, que había dejado esa tarde a sus críos en la guardería; para acompañar a mamá; de mamá, que me miraba a mí y al médico, alternativamente, como suplicándonos mutua comprensión). Yo no quería ser hostil con él ni con la familia, de manera que me senté en seguida en el taburete gris de patas de metal y asiento de cuero malva que me había señalado la enfermera. El médico me atravesó con sus ojillos azules, detrás de los lentes de miope, y después que yo sostuve su mirada sin llorar, les dijo a los demás que se fueran. «Déjennos solos», dijo a la tía Heráclita que sufría de presión, a la abuela Clara, que tenía 96 años y estaba un poco corta de vista, a mi tío Andrés, que se teñía el pelo de rubio para disimular las canas, con un compuesto que él mismo fabricaba y se asimilaba tanto al color natural, a la prima Mariana, que siempre estaba atareada con la crianza de los tres hijos que tenía y «hacen de ti lo que ellos quieren —decía la abuela Clara— porque tú eres débil de carácter». Alejandra no había venido porque tenía exámenes en el instituto. Yo no sé qué pensaba Alejandra de mi llanto, pero yo la había visto reírse muchas veces, mientras yo andaba largando mi agua por el jardín o por la casa. De todos modos, su opinión en la familia no pesaba casi nada. «Esa loca, esa desvariada», decía mi abuela Clara, refiriéndose a ella, cuando la veía desnudarse en los corredores, yo no sé si del calor que tenía, mostrando sus hermosas piernas bronceadas, sus muslos dorados, su cuello alto, todo lo que en su cuerpo eran frutas maduras: las puntas de los dedos, los lóbulos de las orejas, los pezones azules, los labios carnosos. Alejandra no había venido con la familia, y me había mirado sonriente al pasar por los corredores; yo me había avergonzado un poco al mirarla, como el día en que la descubrí desnuda en la oscuridad de la sala, apoyándose un poco en la tapa del piano; había corrido el labio superior del piano y en la oscuridad el teclado blanco brillaba, incandescente; ella dejaba resbalar sus manos por las teclas, oprimiéndolas apenas, sin dejarlas sonar, apoyando el pie desnudo en el pedal asordinante. Yo pensé que debía tener mucho calor esa noche de verano, para estar desnuda, refrescándose con el piano, y pensé que él era como un vaso de leche fresca, como un helecho, como el agua de un estanque. «¿El piano te refresca?», le pregunté, mientras ella apenas se cubría detrás del instrumento. Todo estaba muy oscuro, menos la luz que entraba por la ventana, que era luz de luna; las magnolias, los mangos, los helechos estaban quietos. Ella no me quiso tocar, no me contestó: oprimió apenas un la que sonó por la casa temblando y después un si bemol muy dulce y me dijo que era tarde, que a esa hora a mí me correspondía dormir y yo le miré los senos y pensé en las estatuas y a veces ella era tan buena como esas mujeres de pórfido que acariciaban el jardín.

Antes de irse, el maestro me acarició la cabeza. Él también había venido con la familia a la consulta, porque mi tío Andrés opinó que eso era de su incumbencia. «Le convendrá hablar con el médico, si es que la educación del chico está a su cargo», y mi pobre maestro se vino con nosotros. Yo quería pedirle disculpas por las complicaciones, porque pensé que a él le gustaría más a esa hora pasearse por el jardín, estudiar sus libros o conversar con las señoras. ¿Qué señoras? Las señoras que él conocía, y yo lo había visto bien: tenían un poco de olor a rancio, a lavanda, sándalo y pergamino, a comida vieja, a ropa guardada en los baúles o en los roperos durante mucho tiempo; sus vestidos, descoloridos y bien planchados, eran antiguos (seguramente se los habrían regalado otras señoras, o ellas los habían comprado de segunda mano); los broches de las carteras que les colgaban de los brazos como flores marchitas, estaban gastados, tenían lamparones verdes al lado de las piedras de fantasía; los tacos eran antiguos y el cuero que los cubría, opaco, dejaba ver a trechos la madera entrañable.

Me tocó quedarme solo con el médico y la asistente. Mi familia quedó afuera, un poco inquieta, esperando el resultado de la conversación con el doctor. Yo me sentí muy tranquilo cuando ellos se fueron y comencé a mirar las vitrinas. En el consultorio había muchas vidrieras llenas de aparatos y tubos de remedio; especialmente, me gustaron los aparatos de metal y líneas curvas, un poco gastados en los extremos; casi todos ellos tenían picos en forma de ganchos y yo imaginaba que con ellos se podría extraer del cuerpo humano los órganos y las vísceras que estaban enfermas (¿podrían extraer, acaso, los pensamientos que no estuvieran sanos?); si tenían elásticos en alguna parte, oprimirlos blandamente debía producir deliciosas sensaciones en la piel.

Al principio, el médico no me habló, y parecía muy entretenido mirándome la cara; yo pensé que debía estar por hacerme un dibujo, de modo que continué observando las vitrinas. Había una ventana con vidrios esmerilados por la cual entraba, opaca, la luz del sol; si se reflejaba en las vitrinas de los instrumentos, la luz irradiada apenas permitía distinguirlos, de modo que yo solamente les veía algunas partes, patas y alas, picos y garras, bocas, crestas, uñas, escamas, ojos, espinas, en una mezcla confusa y agresiva. También vi mapas de la circulación de la sangre, colgados de las paredes, y uno, que parecía el plano de una ciudad, pero cuyo título indicaba que se trataba del corte longitudinal de un pulmón.

—¿Cómo te llamas? —me interrogó sorpresivamente el médico. Yo estaba distraído mirando la alfombra de linóleo, angosta, resquebrajada, que iba de la puerta de entrada al consultorio, hasta la ventana. Muchos la habrían pisado antes que yo, a juzgar por lo gastada que estaba, y hasta era posible que algún roedor le hubiera comido los bordes; la alfombrita tenía dibujados algunos pájaros en líneas rectas, unas nubes muy rosadas, y un laguito, en el centro, celeste.

—Horacio —contesté, sin vacilaciones, mirando

ahora la línea de flecos del linóleo gastado; algunos flecos eran más largos que otros, como si alguien se hubiera dedicado a tirar de ellos; otros estaban mondados, como si se hubiera intentado detener el deterioro.

—¿Cuántos años tienes?

La enfermera se había acercado a mí, llevando una libreta en la mano, donde yo supuse que anotaba mis respuestas. Lo hacía con mucha convicción, como si toda cosa que yo contestase fuera importante, digna de estudiarse y de memorizar. No hablaba casi nunca y me miraba muy poco. Yo, en cambio, comencé a mirarle el borde de la túnica y las manos. Mis dedos quedaban muy cerca de sus piernas. Bajé los ojos y las miré: eran realmente unas piernas muy bonitas, y de un color agradable; las medias transparentes que las cubrían eran muy finas y lo más encantador, era el olor de su piel: un olor seco y agradable, a tierra sembrada, olor a tronco y a plantío.

—¿En qué piensa Horacio? —me interrogó el médico. Ella levantó la cabeza, hasta un redondelito en la pared donde se destacaba una mancha de pintura, y después la bajó, para mirarme. ¿Acaso me estaba hablando de mi primo pequeño o era que había descubierto mi engaño? Horacio, mi seguidor, que anda conmigo entre las plantas, siempre jugando y cuidando no pisar las flores, que ama tanto.

—¿Qué es azul? —volvió a interrogarme el médico. Yo me sentí un poco molesto; había demasiadas cosas azules en el mundo, y yo no tenía deseos de enumerarlas; bien él podría comprobar con sus propios ojos la abundancia de azules que habitaban el mundo.

—No deseo hablar —contesté. No pensé que se fuera a enojar: yo prefería mirar las cosas del consultorio a que me preguntaran acerca de colores, de formas y de antepasados.

El médico me presentó, entonces, una larga serie de dibujos. Eran láminas coloreadas, con figuras y formas diversas, que en general no representaban nada que yo conociera o pudiera identificar; esos dibujos, diferentes, cada cual con su color y su estructura, me gustaron mucho.

—Míralos bien y elige uno —me dijo—. Tómate el tiempo que necesites.

Yo los miré uno por uno. Me parecía una tarea difícil elegir, porque cada cual tenía su encanto y su carácter bien definido; si uno los miraba con atención, después de un rato, empezaba a distinguir cosas familiares en ellos; no quiero decir que los dibujos fueran las cosas en sí, sino que hacían recordar algunas cosas que uno había visto alguna vez en su vida, en uno u otro momento.

Puse mucho tiempo para mirarlos. Como debía elegir uno, la tarea me parecía muy comprometedora y difícil. ¿Con qué argumentos podría rechazar los demás, después de que hubiera optado por uno, si todos ellos tenían cosas interesantes? Lo que más me asombraba, con todo, era cómo el ojo se acostumbraba a mirar aquellas láminas que al principio parecían no representar nada, y luego de un rato de estar mirando nada más que sombras y líneas, uno podía comenzar a reconocer objetos, formas, cosas conocidas. En el primer dibujo, por ejemplo, de la serie, luego de estar mirando un rato, apareció una muñeca de trapo, con lindos ojos, que en seguida vi que eran dos cuentas de vidrio. En la segunda lámina, contra todo lo previsible, lo que asomaba era una tijera, muy brillante, con las puntas afiladas enfiladas hacia mí. Después venía un trompo musical, con dibujos infantiles: cosas de circo, caballos, payasos y todo eso. Este último no me interesó para nada. El siguiente dibujo era mucho más complicado. Demoré un rato en identificarlo. Entre las líneas cruzadas, las sombras verdes y sepia, las esferas de viento rojo, una madre daba de mamar a su hijo; el niño tenía la boca muy abierta, donde se hundía el pezón de la madre; ambos tenían una expresión beatífica y tranquila, pero un ojo desviado de la madre, del lado izquierdo, rompía la armonía y confería a la lámina un cierto aire monstruoso.

Observé las láminas un buen rato, y comencé a separarlas: de un lado, las que me gustaban más, de otro, las que me gustaban menos. Sin embargo, no pude agruparlas a todas así, porque había algunas que no podían figurar en ninguna de las dos divisiones que yo había hecho de ellas: con las más lindas, su fealdad se destacaba, pero si las colocaba con las menos hermosas, aparecían como las más bellas de ese grupo. De modo que había que tenerlas suspendidas del aire, para que no se confundieran con las otras. Luego que las hube así clasificado a todas, me detuve a pensar. Estaba un poco incómodo, porque no podía elegir ninguna; si lo hubiera hecho, me imagino que hubiera traicionado a las demás. De modo que las acomodé bien, cuidando que sus bordes no se ofendieran, y presenté los dos grupos al médico y a la enfermera.

—¿Ya has elegido? —me preguntó el doctor.

Hice un gesto afirmativo con la cabeza.

—Me es imposible quedarme con una sola de ellas. Sufriría mucho pensando en el destino de las otras. De manera, señor —le respondí—, que declino esta tarea. Soy incapaz de resolverla.

Las láminas que no habían quedado en ninguno de los dos grupos las sostuve con la mano, todo el tiempo, para que no se mezclaran.

—No quiero elegir —añadí—. Me resisto.

—Habrá que hacerlo alguna vez —dijo el médico.

Necesariamente es así, aunque nos duela. Debemos aceptar la obligación de elegir, aun sabiendo que a veces nuestras elecciones pueden ser equivocadas, susceptibles de revisión; aun sabiendo que cuando elegimos despreciamos cosas que en realidad también merecen nuestra estima.

Nunca me gustaron los predicadores. Hay algo impúdico en la propaganda, en la promoción, que me repugna. Como no quería mortificarlo con mis respuestas, garabateé en un papel: «Abajo los predicadores», «Mueran los prospectos»; esto lo escribí mientras él muy suavemente me hablaba, tratando de mirarme a los ojos. En un descuido mío, capturó el papel y lo leyó.

—¿Debo tomar esta declaración como una muestra de hostilidad? —me preguntó.

Le hice señas con la cabeza: no quería enemistarme con él.

El médico ha abierto la puerta del consultorio, y mirando hacia el corredor donde ellos aguardaban, los ha invitado a pasar. Ellos se han apresurado a entrar, acomodándose con dificultad —son tantos— en la sala, sentándose en el borde de los sillones de cuero, frente al escritorio. A abuela Clara, que tiene 96 años, la han ayudado los tíos a sentarse en el sofá naranja, con cuidado, no fuera a tropezar y a caerse. Yo pienso que ella es una muñeca de cera muy antigua, a punto de derretirse. También pienso que es una mandarina que cuelga de la rama, única fruta, y el viento la sacude, y en cualquier momento se vendrá al suelo y alguien al caminar la pisará, sin darse cuenta.

—No se molesten —les ha dicho ella a los tíos que la ayudaban a sentarse en el sofá de cuero naranja—. Si yo puedo sentarme sola —dice la abuela Clara, mientras la sientan.

La mandarina cuelga del árbol el viento la sacude,

única fruta verdes hojas ramas verdes viento verde sopla ruge ella pende cuelga se mueve se agita resiste resistente caerá ploc como una gran gota en los días de verano Ha hecho tanto calor que ya no se puede respirar hemos bajado a la orilla del agua entre las rocas en busca de un poco el fresco del mar tantos han tenido la misma idea sobre las rocas multitudes sofocadas es de noche estirados sobre la arena negra negra arena negro mar llega sin fuerzas poca espuma los más inquietos los que pueden sustraerse un instante al sopor mueven los pies para que se los moje el agua negra borrascosa que arriba como una gran gota de agua en los insoportables días de verano, todo el día ha hecho un gran calor y por la noche todo el mundo afuera de las casas en las calles buscando oxígeno hidrógeno nitrógeno refrescos un poco de hielo entonces en medio del aire pesado de la capa de cúmulus que se aplaca sobre la ciudad en medio del aire plúmbeo se desgarra una nube cae una gota gorda, hinchada, verde, fresca, así, ploc, como un plato que cayera desde el cielo ploc cae sobre la calle y los desperdicios del suelo y la gente reunida en ceremonias estivales cae aterriza sobre las plantas que se estiran que se mueven que se abren urgentes para recibirlas como mujeres ávidas y después de esa gota aventurera adelantada empiezan a caer con más rapidez las otras, las que venían detrás, y ahora caen tan fuerte que las acompaña un ruido de soldados de pasos agitados por los corredores y de marchas militares y las gotas tan pesadas que al caer sobre las hojas de las plantas las horadan, les abren como bocas y agujeros, grandes ojos abismales por donde toda profundidad se mira.

El médico les abrió la puerta y ellos que aguardaban en el pasillo entraron todos juntos, apretándose un poco, molestándose unos a otros y disculpándose, embarazados, al coincidir en el mismo sillón; el consultorio era muy chico para contenerlos a todos, de manera que se sintieron algo incómodos y comenzaron a ocupar los asientos confundidos y nerviosos; en el consultorio, todos sentados al fin, delante del médico, el único de pie.

Cuando todos se ubicaron y pusieron las mujeres sus carteras sobre las faldas, los hombres sin saber muy bien qué hacer con las manos, cuando hubieron cerrado sus piernas para no molestar al vecino (el médico estaba de pie, los ojos celestes mirándolos a todos detrás de los lentes de miope), se hizo un gran silencio terrible e incómodo en que unos a otros se miraban buscándose consuelo. Lo único que se oía era el jadeo sobresaltado de tía Emilia, que tiene asma, y cada vez que respira haciendo ruido (ese silbido de pájaro o de barco que hiende la niebla) nos mira turbada, como pidiéndonos disculpas por su enfermedad, por no poder contenerse, por no dominar a los chicos. Cuando jadea pese a su esfuerzo, mira hacia todos lados, avergonzada. Los demás hacemos como que no hemos oído su silbido de pájaro, de barco extraviado en los caminos de agua, menos la abuela Clara, que siempre ha sido implacable con eso de las enfermedades. Emilia tose sin querer, los demás disimulamos clavando nuestras miradas en el empapelado con flores de la pared, en el vaso de vidrio que reposa sobre el escritorio, que contiene un poco de agua turbulenta y una sola hoja amarilla de helecho, o en el techo blanco, por donde dócilmente camina una araña, o en el rosado recetario lleno de inscripciones que está sobre la mesa, o en el linóleo desflecado que protege el suelo de nuestros pies; en cambio, la abuela Clara fija su mirada reprobatoria en el rostro ruborizado de Emilia, que nerviosa, no atina a desviar su mirada.

Se le ha explicado muchas veces a la abuela Clara

que el asma es una falta venial de la cual la propia Emilia tal vez no sea responsable, dado que no fuma, no bebe, no sale de noche, no toma refrescos helados ni come comidas picantes; le hemos insinuado que tal vez la pobre Emilia no sea culpable de su bronquitis, y ésta, en realidad, se haya alojado en ella por capricho, sin verdaderos motivos, solamente para trastornarla. Pero la abuela Clara no acepta disculpas y no la perdona; por el contrario, cada vez que la oye toser o silbar, clava en ella la mirada de sus ojos feroces, juzgándola, reprobando su conducta, atribuyendo el balido de sus bronquios a alguna debilidad inconfesable, a alguna culpa escondida y sórdida en la cual es preferible no pensar.

A veces, incluso, al oír el desgarramiento de la respiración de su hija Emilia, ha comentado a alguna de sus cuñadas:

—¿Por qué tose esa mujer? —como si la tos de su hija fuera un agravio personal, una ofensa pública e injustificada que ella se emplea en hacerle delante de los otros.

Cuando estuvieron todos sentados, el médico los miró distraídamente; ellos estaban callados, expectantes, y él entonces concentró su vista en los ojos huidizos de Tolomeo, el menor, que como es un poco tímido no se anima a mirar de frente, y comenzó a hablar de una manera monótona y un poco distraída. Dijo:

—Hemos sometido al paciente a un amplio cuestionario elaborado en base a los síntomas que manifestaba, agregando a él las pruebas objetivas de rendimiento, conducta, asimilación, asociación, tests mentales, estudio de factores hereditarios, caracterológicos y adquiridos, sondeo de aptitudes e investigación de posibles lesiones traumáticas producidas en el período prenatal. Se le han efectuado, además, tests motores y proyección de imágenes. Del informe que he elaborado según las respuestas a las diversas proposiciones realizadas (que comprenden conductas y manifestaciones espontáneas y provocadas en el paciente), y que puedo someter a examen de mis distinguidos clientes, se desprende una sola conclusión: el niño llora y llorará durante mucho tiempo más aún.

Debo decir que el discurso de mi médico fue atendido con unánime unción y recogimiento por toda la familia, que seguía sus palabras como las del párroco cuando en el púlpito los exhorta a no pecar, a evitar las tentaciones, a practicar la caridad y a contribuir en las colectas pro nueva nave del edificio.

Tía Heráclita, que tiene la costumbre de repetir las conclusiones y reproducirlas con cierto énfasis, se inclinó hacia el oído de la abuela Clara (desde hace un tiempo sospechamos que está un poco sorda, debido a que ha estado oyendo «tonterías y falsedades» como dice ella, durante 96 años, lo que ya es mucho oír, pero ella nunca accedería a admitirlo, considerando su posible sordera como una falta de pudor o de moral).

—*¡El niño llora y ha de llorar mucho tiempo más aún!*

El tío Andrés, el más exaltado, se levantó vertiginosamente de su asiento, en cuanto el médico terminó de leer su informe (no sin antes pedir permiso a la abuela Clara, que presidía, con un movimiento de cabeza) y se dirigió decididamente hacia el médico, que, emitido su diagnóstico, había recogido sus papeles y, de espaldas a nosotros, se disponía a dar el caso por concluido, igual que un abogado que ya ha informado a la familia acerca de la herencia del difunto.

—Señor —dijo humildemente mi tío Andrés. Todos sabíamos que estaba exasperado. Cuando se exaspera, se vuelve tenso y despótico; trata de dominarse, disimulando su violencia interior, y cuando lo consigue, asume una máscara de amabilidad exagerada, ceremoniosa y torpe.

El médico lo miró sin interés.

—Yo quisiera hablar a solas con usted —consiguió murmurar mi tío, entre dientes, masticando su cólera, haciendo de ella una bola alimenticia que le corría por las entrañas. Cuando no podía descargar su ira, las palabras llenas de violencia se le apretaban entre los dientes, de modo que él tenía que dejarlas salir despacio, lentamente, para que no se los quebraran con su furia, para que no le lastimaran los labios con su ardor.

—Como usted quiera —dijo el médico.

—El niño que se quede —ordenó imperativamente mi tío Andrés, mientras toda la familia, hasta la abuela Clara, comenzaban a retirarse, obedientes, porque conocían sus iras y no querían correr el riesgo de verlo enfurecido.

Cuando todos se fueron, mi tío suspiró, aliviado, se secó la frente, cerró los ojos, empleó toda su fuerza en serenarse y se sentó en el sofá de cuero naranja. Yo lo veía pelear contra los iracundos ríos interiores que llevaba y que le arrastraban piedras, troncos, cardúmenes y tigres hasta las costas de los labios y de los gestos. Peleó bravamente con sus aguas; había afluencias que se le iban por la frente, pero al final detuvo la marea (las aguas lentamente se fueron recogiendo), guardó su pañuelo y me buscó, tomándome la mano.

Cuando mi tío Andrés vencía sus rumorosas y rencorosas aguas interiores, a mí me subía una alegría de sábado de tarde por las plazas; su triunfo me alegraba y me volvía bueno y blando con él. Esta vez volví a sentirme contento cuando me tomó la mano y me la guardó entre las suyas. Yo había dejado de llorar al entrar al consultorio, y me había pasado todo ese tiempo sin llorar; sin embargo, ahora que estaba calentito, protegido y acunado por las manos de mi tío Andrés, me di cuenta que los ojos se me estaban anegando, que ya no podían contener todas las lágrimas que guardaban en la recámara y que por las mejillas, ya el agua comenzaría a resbalar.

Él me tomó la mano dulcemente; me miró, comprobó con resignación que el llanto me estaba llegando, abrió sus piernas macizas como abedules, me colocó entre ellas y con aire de vencido combatiente, interrogó al médico. Éste miraba por la ventanita hacia afuera. Yo había empezado a llorar despacio, casi sin moverme, y hubiera querido saber qué miraba él por la ventanita.

—¿Qué cosa tiene el niño? —preguntó mi tío Andrés lleno de humildad.

El doctor se había sentado; cuando oyó la pregunta, como viniendo de un largo paseo a una tierra de nadie, retiró los ojos del marco de la ventana; con un gran esfuerzo, como retrocediendo, los dirigió hacia la carpeta llena de hojas con apuntes y anotaciones, y buscando entre ellas mi expediente, leyó:

—El diagnóstico es claro: el niño llora porque está angustiado.

Yo nunca había oído esa palabra, y aunque en ese momento tenía la cara totalmente cubierta de lágrimas, al escuchar ese término nuevo para mí dejé un poco de llorar y me puse a pensar en él. **AN - GUS - TIA — ANG - Ang - ANG - ANGGGG - UUTIA - USTED - GUSTIA - GUUU - GGGGUUUU - ANG - ANGGG** — Me pareció una palabra muy nueva y llena de significados.

Mi tío pareció vencido. Alguien le había propinado un golpe demasiado fuerte, pensé que él se sentía agobiado. Yo seguí jugando con la palabra, como con una estatua nueva. Me gustaba acariciarle amorosamente los bordes, tocarla, pasarle la lengua por los costados, sorbérmela como si fuera de miel. La angustia era una dama nueva en el jardín y se la reverenciaba un poco, y yo le llevaría flores para colocárselas a los pies, o quizás entre las manos con que cubriría sus senos o tal vez en los senos mismos y ella me hamacaría, me mecería niño nuevo, flor nueva arrullándome entre las plantas.

Pensé que a lo mejor la angustia era una flor.

Mi tío Andrés parecía totalmente agotado y confundido.

El médico miraba lejos.

—Yo no esperaba esto —comentó mi tío—. Es así, tan inesperado —dijo—. ¿Qué le diremos al resto de la familia?

ANGustia, ANNg, ang. ANGGG, ang, ang.

A lo mejor la angustia era un calibre nuevo y se podía jugar con esa bala colocándola en el detonador y dispararla suavemente contra las cosas, contra los muebles que sangrarían abriéndoles pequeñas heridas a la madera, bocas purulentas de aserrín que gotearían hacia el suelo; la angustia era una bala nueva y yo dispararía contra los muebles, las sillas, los sillones, los roperos, los autos, las mesas, los aparadores, las arañas que colgaban, contra las escobas, los repasadores, las túnicas, los pisos de parquet, contra las heladeras, las camas, las cortinas, los zaguanes, los tenedores, las servilletas, las alfombras afelpadas, contra los jarrones con vino y las almohadas y las vinagreras y los relojes y las sandalias y las corbatas; contra las espumaderas y las ollas.

A lo mejor la angustia era un caballo y se podría salir con él de noche a recorrer las esquinas y las calles.

AAaang - aang - ANNGG - AaNGG.

—¿Pero cómo es que ha llegado a sentir eso? —preguntó mi tío, desolado—. En casa, no le ha faltado nada. Ha tenido todo lo que un niño puede tener y desear.

La angustia un caballo blanco y yo desciendo con él por la escalera, porque le he enseñado a andar con cuidado entre los escalones y por el jardín, sin pisar los canteros ni destruir las flores.

—Se lo aseguro, no hay ningún caso anterior en la familia —se apresuró a testimoniar mi tío.

Hico hico caballito ang ang ang ang caballo blanco por el jardín voy a lomos de caballo atravieso las losas del jardín el camino de las tías Tuia tuia atravesamos la ciudad hic hic ang ang ang y si quiero troto y si quiero galopo y si quiero voy al paso y si quiero alunizo aterrizo martirizo ang ang ang De cómo hubiera querido que fueran De como hubieran sido de como fueron de como quise que fueran como quise; entonces, de una tensión entre lo querido y lo soñado.

—... ¿de nacimiento?

y no fueron más que esto hico hico caballito blanco hube resultado yo yo yo yo yo,

pecador, me confieso a Dios, Todopoderoso.

—¿Cómo es que pudo suceder?

Mi tío el confundido.

—Algo tiene que haber ocurrido. Alguna causa. Algún motivo. No es posible enfermar así como así.

Mi tío horrorizado.

El médico miró a lo lejos. Tenía los ojos celestes y el aire distraído. Se levantó de su asiento, paseó un rato sobre el linóleo, se detuvo cerca de mi tío, el desolado, y mirando hacia otra parte habló:

—Las causas de la angustia no son aún conocidas, dado el escaso desarrollo que alcanza esta enfermedad entre nosotros, y lo poco difundidos que están los estudios clínicos acerca de su génesis, maduración y desenlace, vuelven prácticamente nulas las técnicas para su terapia. En mi vida profesional, por ejemplo, éste es el único caso que se me ha presentado, y espero que no volverá a repetirse. Tomaremos las providencias necesarias para evitar que otro paciente de estas características se presente a nuestro consultorio. Aun así, le diré que, interesado como estoy en la investigación de la angustia (con todos los peligros que acarrea estudiarla), he llegado a la conclusión de que son numerosísimos los factores que pueden originarla y alimentarla; desde pequeñísimas y microscópicas bacterias, en general inofensivas, pero que en cierta época del año y bajo condiciones favorables se vuelven muy activas, hasta un tipo especial de virus, que felizmente no abunda, pero que, portado por las patas de una clase poco numerosa de moscas, se depositan en la piel, la penetran por ósmosis, transmitiendo el germen. Aunque este tipo de insecto no abunda en nuestro país, ¿cómo podemos saber si una mosca de esa clase no contaminó al niño?

Mi tío me miró como a un monstruo dinosáurico.

—Existen otros factores, en la vida moderna, que hacen propicia la aparición de esta enfermedad, aunque siempre es necesario un vínculo directo para transmitirla. ¿El niño no habrá ingerido alimentos en mal estado? A veces los productos envasados suelen contener virus de angustia o claustrofobia, como suele llamárselos, que, si encuentran terreno favorable, pueden provocar la enfermedad.

—Lo hemos cuidado siempre tanto, doctor —exclamó mi tío, desolado—. No sé cómo puede habernos sucedido esto. ¿No habrá alguna solución, algún remedio, algún atenuante?

El doctor miró a lo lejos.

—Sólo les puedo recomendar resignación. Es inútil que intenten llevar el caso a las universidades: éstas hace años que están en manos del Estado y sólo se dedican a estudiar aquellas enfermedades inofensivas para la salud de la nación. Es un mal incurable y les cerrarán las puertas. El Estado tiene especial interés en que la existencia de algunos casos de este mal no se difunda; podría cundir el desprestigio entre las naciones vecinas, y olvidarnos en sus tratados comerciales o restringirnos los préstamos vitales para nuestro desarrollo. Le recetaré unas pastillas, para hacerlo dormir si se desvela y una pomada para la cara, si la sal de las lágrimas amenaza destruirle las mejillas. Por lo demás, que haga vida habitual: denle de comer, sáquenlo a pasear, él seguirá llorando.

Parece que seguiré llorando. Lloraré por los días y por las noches, y por las tardes, porque estoy angustiado y el doctor no sabe cómo es que me ha entrado en el cuerpo esa enfermedad del llorar y del no llorar, esa enfermedad de estar despierto y del que toda la familia me mire como a un caso raro. Lloraré por los días y por las noches y por las mañanas y seguiré llorando aún cuando haya anochecido y todo el mundo se haya retirado a dormir y cuando todos estén acostados y dormidos y solamente las estatuas anden por el patio, yo todavía seguiré llorando, y creceré entre llantos y aguas bautismales y nunca seré un adulto porque seré siempre el niño que lloraba el niño que llora y llora el bienllorado el angustiado el niño que llora sin motivos el enfermo el caballo blanco la amenaza el llanto llorado toda la vida.

Querido lector:

Yo soy el niño que lloraba en aquella esquina que lloraba al mediodía que tuviste miedo que lloró en el circo y he llorado tus buenas aguas mis buenos días llorando toda la vida.

me han visto llorar las estatuas los caballos las hormigas
mis tíos y las primas;
  he llorado los viernes y los sábados,
aunque estés en el cine he llorado y andado en bote, a
remos de los tíos he llorado
  las narcisas los jazmines los otoños las fragancias
lo he llorado todo, creo, desde que nací
  y balando y llorando demostré que era nacido
que efectivamente había pasado por el puente de las
piernas y aún un filamento me sostenía
  y lloré la primera luz que vi porque venía de lo
                                                    [oscuro
Bienaventurados los que lloran porque serán conso-
                                                    [lados
Bienaventurados los ricos en lágrimas porque están
                                                    [arrepentidos
Bienaventurados los regadores los surtidores
  todos aquellos que manan agua por los ojos
porque de sus caudales beberán los pobres
porque de su agua beberá el sediento
porque en sus fuentes se bañarán los pájaros
porque los exploradores le abrirán vías y acueductos
  Bienaventurados los lloradores de ríos los manado-
res los hombre fuente
  porque ellos serán secados exprimidos consumidos
y en sus lagos inclinarán sus cuellos los dulces cisnes
y en sus ríos las doncellas buscarán la caricia del agua
y en sus rumorosas vertientes los jóvenes se desnudarán
amándose
  Yo soy el niño que llorará en la cárcel
                          en el entierro
                          en la calle
                          en el prostíbulo
                     madrepórico y lágrima Christi
                     anacreóntico y aquilón.

VII. Alfredo

Noche de fiesta

Todos mis primos somos tristes.

La casa es una enorme sombra que cae sobre el suelo, debajo de la claridad mercurial de la luna celeste. La casa se ensancha hacia los costados, y hacia lo interior, profundiza en la noche. Los árboles la apoyan, la custodian: nada más que ellos alrededor, perfumando el ambiente. Hay aromas de paraísos, de magnolinas y de glicinas mezclados. Las casuarinas están inmóviles. Se duermen en la noche, apoyándose blandamente en las verjas. Los autos se han integrado a la oscuridad silenciosa que rodea la casa; protegidos por la quietud del aire y de las ramas, han estacionado junto a los cordones, entre las hojas secas, resinosas, y se han mezclado con los troncos, con los bancos vacíos, con la penumbra de la calle, convirtiéndose en silenciosos apéndices del suelo. Alguna vez he pensado, mirándolos alineados bajo el cordón, durante las noches de fiesta, en peregrinaciones de monjes austeros, en fila, por los corredores del claustro, o en monstruosas procesiones de miembros ortopédicos, negros, sobre una blanduzca superficie de carne, rojiza y tumefacta.

En la casa, hacia su interior, en el enorme jardín con

su colección de frutales, sus glorietas, sus estanques mansos donde se admiran, inclinadas, suaves matronas de pechos duros y pliegues grises, de cabellos ajustados atrás en forma de rosetas, una multitud se mueve, hacia un lado y otro, como muñecos de vidrio y de pasta hinchados por el viento. Provistos de sus copas que llevan adheridas a las manos, como espadas blandidas, sin soltarlas nunca, como si se tratara de sus documentos, del pasaporte para la eternidad, van de un lado a otro, persiguiendo platos, fuentes, camarones, langostinos, mariscos, rodajas de melón o de ananá, baldes de plata llenos de hielo fragmentado, persiguiendo por el jardín los restos de chantilly y de crema, que terminan decorando el cuello de una estatua, o asaltando los platos con uvas, que irán a depositarse blandamente, en forma de guirnalda, en el pecho rollizo de una dama lúbrica y embriagada.

Oía, entre la hojarasca, el sonido de los suaves vestidos al deslizarse blandamente por el pasto, insinuaciones de amor y de futuro que resbalaban de flojas, laxas comisuras, hasta oídos entumecidos, donde el licor zumbaba, destilando su ardor.

Yo daba vueltas por el solar, mirando apenas las sombras que se cruzaban a mi paso, débiles y sugestivas, de ojos brillantes y pátinas de polvo pálido alrededor de las mejillas, o pátinas de polvo azul, cenizoso, cercando las pupilas; había ojos como piedras mojadas por el agua, en playas rumorosas y nocturnas, que despiden centellas por la noche; ojos acuosos como lagos tristes, desagotados por las máquinas; ojos desleídos y azules, impuros, llenos de blanco; otros, eran ojos malignos, exasperados, que tenían el color verde y negruzco de los troncos, en días de lluvias invernales —cuando después de mucho llover, la humedad ha calado dentro de la madera—, y había ojos atorbellinados, enrojecidos, que llevaban un viento adentro y que se agitaban en la noche, buscando compañía. Las sombras, que yo no conocía, se perdían en la oscuridad del jardín, como en secretos pasadizos medievales.

Cada uno de los integrantes de la familia tiene asignada una cuota de invitaciones para hacer, cuyos destinatarios mantiene en secreto, de manera que nadie sabe quién vendrá a nuestras fiestas hasta el momento mismo en que los invitados empiezan a llegar; esto nos permite gran flexibilidad en la integración de las listas, a la vez que mantiene el suspenso: reunimos a gente muy diversa, según nuestros gustos y predilecciones; los invitados casi nunca se conocen entre sí ni se han visto en otras ocasiones, y sus comportamientos, muy variados, son objeto de nuestra divertida observación.

Entre los árboles están colocados los altavoces, que transmiten música incesantemente; pero los micrófonos, ellos sí, están ocultos entre las plantas, bajo los manteles, en grandes vasos de metal destinados a lucir las flores, en los servilleteros, en los asientos de las glorietas, en las columnas de las balaustradas, en las terrazas de calcio, y detrás de las cortinas. Lo de los micrófonos ha sido un invento del infatigable Andrés. Consiste en grabar, con instrumentos disimulados, como ya dije, entre los objetos aparentemente inofensivos del jardín, las conversaciones, los diálogos, los coloquios que sostienen nuestros invitados entre sí, totalmente ajenos a esta diversión del tío Andrés; las conversaciones son registradas por los aparatos, y entonces, sorpresivamente, y ante el espanto general, los altavoces que hasta ese momento transmitían valses inofensivos, melodías íntimas y discretas, música suave y placentera, lanzan al aire, sin advertencia alguna, las grabaciones efectuadas por los aparatos escondidos en el jardín. Así se descubren las palabras cruzadas por la pareja que dialogaba amorosamente detrás de una inocente columna (la pareja, avergonzada, huye de la fiesta por el camino de las lilas, ya no los vemos más, entre las risas tensas, nerviosas, de los que se han quedado); entonces la música vuelve, para tranquilizar a los demás, que, agitados, habían dejado de bailar, de moverse entre las plantas, de servirse cóctel o caviar.

En las grabaciones sorpresivas que transmitían los altavoces, interrumpiendo bruscamente la música, los muy fieles micrófonos instalados secretamente por el tío Andrés, con una escrupulosidad siniestra, registraban los crujidos de las telas de los vestidos, a la altura de los pechos, al ser estrujados por manos sudorosas y agitadas; el jadeo irregular de una joven, al ser asaltada en un pasillo, por uno de sus amantes; la palpitación senil del invitado que se excitó al contemplar en el mármol, las sinuosidades afrodisíacas de Hipodamia; la blanda resistencia de uno de los primos, solicitado por el rumor del oro en los brazos carnosos, sensuales de una dama ajena a la familia, o el pacto secreto establecido, entre beso y beso, por dos de nuestros jóvenes invitados, vestidos de frac.

Cuando los altavoces descubrían alguno de los diálogos secretos sostenidos por nuestros invitados y los difundían por el jardín, un estremecimiento temeroso ganaba a las parejas que bailaban, que reían, que jugaban o se escondían entre las estatuas. El ministro reía nervioso y confuso, mientras apoyaba su vaso de whisky; la bailarina abandonaba presurosa el jardín, bordeando la piscina; siempre había alguna exclamación histérica pidiendo la anulación de la cinta, o el corte de la grabación comprometedora; sin embargo, mi tío Andrés era implacable; nunca suspendió una emisión, los altavoces no dejaron en ningún caso de reproducir, con minuciosa fidelidad, aquellas declaraciones de amor que, magnificadas por los parlantes, sonaban huecas, faltas de emoción y de profundidad; aquellas frases tiernas, complicadas con el ruido de los broderies y de los moirés, resonaban ridículas y torpes. Los más valientes, resistían la sorpresa de escuchar diabólicamente magnificadas las palabras que habían pronunciado minutos antes, detenidos en el centro del salón, ruborizados y confusos, sonriendo por cumplimiento; los más, huían despavoridos entre las sombras del jardín, incapaces de resistir sus propias voces, sus mismas palabras que venían ahora mezcladas con el rumor de los vasos, del viento, de las rosas, el claque del agua de las fuentes al caer, los pasos de los mozos entre los tilos, el crujir de las hojas arremolinadas en el descanso del paseo.

Yo, exacerbado por el perfume de las rosas y de los jazmines que mezclaban sus aromas al rodear las columnas, había bebido néctares ligeramente afrodisíacos, preparados en secreto por los primos, y me sentía ligeramente mareado y enternecido. En ese momento, sorprendí a mi tío Andrés en el instante de suspender la música para descubrir, en lo alto de la fronda, un diálogo grabado. Suspenso, el oído entre el cielo (los árboles inmensos; la luna, blanca, una pestaña fija sobre la casa, encimando su ojo; el aire, como en un estanque un pez dormido, quieto) y el jardín (los bailarines danzando como muñecos de cristal sobre una pista de hielo, un poco tambaleantes del licor bebido, de la excitación que nos traían los dulces, las estatuas; los ángeles de las fuentes broncilíneos, agrietados de tiempo y llanto), sorprendí, tenso, mi propia voz y la de una joven que no conocía más que recientemente y se había acercado a la glorieta junto conmigo; el grabador había registrado nuestro diálogo, el que ahora se podía oír, resonando, circunvalando el jardín, invadiendo el salón, despertando a las tías que se habían dormido sobre los bergeres en que faunos y doncellas se perseguían.

No recuerdo cómo la había encontrado, en el salón, pero supongo que fue al abandonar mi refugio detrás de las afelpadas cortinas; al salir, debo haberme inclinado hacia su precioso cuello, desnudo, y debo haber deslizado mi mano siguiendo su dibujo, hasta el borde del seno.

—¿Su nombre?

(Y al acariciar su cuello pensé en las estatuas; su contacto, su piel, tenían aquella misma tersura, de modo que pensé era una estatua escapada del patio que yo había transformado en mujer.)

—Discúlpeme; soy huérfana.

—Yo también lo soy —dije, sumido en una gran tristeza—. He perdido a mi padre y a mi madre en medio de la guerra.

Ella se dejaba acariciar sedosamente. Nos habíamos trasladado a un rincón, detrás de una columna. Había colocado las tiernas flores sobre mi cabeza. Yo era Rolando, Augusto, Wenceslao.

—También he perdido a mis hermanos —dijo ella, agitada por mis caricias. Cerca de sus senos, había encontrado una piedra azul que fulguraba. Me la comí.

—Qué tristeza —dije yo—. Figúrese: tíos y tías han perecido a consecuencia del deshielo.

—¿Podría decirme usted si aún continúa la guerra? Creo que debería preocuparme por sepultar a mis hermanos.

—La guerra es terrible: aún continúa en algunos lados; hace más de cien siglos que estamos luchando; ya no se sabe quién combate contra quién.

—¿Cómo sabremos entonces reconocer a nuestros enemigos?

—Eso no tiene mayor importancia. Aún quedan las flores, los licores, las estatuas. Aunque ya me he enterado que han decapitado algunas: he encontrado cabezas sueltas, yaciendo por el piso, al recorrer la casa. Su silencio les ha parecido culpable.

—¿Cree usted que sufrirán, si no reciben sepultura? Mis hermanos eran muy cristianos.

Yo ya había empezado a beber de su seno. Aquella tarea era la más hermosa que yo había realizado en la vida. Oprimía apenas con el extremo de mis dedos cerrados como una flor nocturna el borde de su pecho, allí donde el seno afilaba su crustáceo hacia la punta, que se moraba, como la uva, y mi lengua, húmeda y ardiente, rondaba alrededor de la cosa roja, dejando su huella mojada por el camino; luego el caminante volvía, desandando el camino, y recogiendo las gotas de lluvia y el rocío que se depositaba en las pequeñas fuentes; allí, sediento, bebía.

—He enterrado a toda mi familia en un pequeño pozo en el jardín. Las hormigas, al recorrer el solar, excavan la tierra, hallando a menudo su polvo, con el cual he construido un hermoso reloj de arena.

—¿Con quién estamos en guerra, podría decirme?

—La guerra se mantiene en casi todas partes, es verdad, pero ha habido tantas alianzas, traiciones, tratados de paz, ministros, gabinetes, pactos de agresión, marchas por la paz, estruendosas manifestaciones, tantos reyes de oro, tantas espadas y bastos, tantos ducados, condesas, martirios, bombardeos, explosiones, torturas, derrumbes, que solamente quedan en pie los tártaros. Ellos son nuestros enemigos.

—¿Qué ha sucedido pues con los franceses?

—Un torbellino se los tragó, al cruzar una montaña.

—Le agradezco tanto la información.

(Yo prefería no hablar, para acariciarla mejor, pero ella era extraordinariamente hábil, y ya había comenzado a desprenderse el vestido blanco, que rodaba hacia el suelo, como el hábito de una bacante.)

—Quisiera decirle que la amo.

—He perdido a toda mi familia.

—He construido puentes, alfombras, chimeneas, rascacielos, astrolabios, montantes, torres inclinadas, subterráneos, empalizadas, naves espaciales, criptas; he desenterrado brazos de estatuas, yelmos, bacinas, espadas milenarias y toda una ciudad que se había asustado; cultivé azaleas, cuartetos, geranios, libros enteros de poesía que prendieron en el jardín como las plantas; he derrumbado paredes, naufragado en el sótano, encendido lámparas, entristecido abuelos, picoteado a las tías, tengo asma, un fusil, un portalámparas, diez cigarros de pura hoja, un tío monje, estampillas de correo, un arcabuz, un fragmento de un canto gregoriano, la tabla de salvación, la nuez algo salida, la voz atemperada, ¿podría usted amarme?

Terminamos de desnudarla (ella me ayudaba) y mi boca resbaló hacia la cintura.

—Mi abuelo era un caballo blanco. Un magnífico caballo blanco que salía por las noches a vagar por el jardín. ¿Comprende usted? Nadie podía sujetarlo. Le gustaba el mar, el olor de las plantas, oír cantar a las mujeres, beber de las fuentes si manaban agua desde ángeles musgosos, le gustaba piafar, beber cerveza, mirar con sus ojos negros entornados la desnudez de las mujeres. Un día violó a la mujer del secretario y murió de un tiro entre los ojos. No olvidaré más sus largas patas blancas tiesas y duras, como dos tallos erguidos que sostuvieran blancas azucenas.

—Era mejor ser dinosaurio.

—No se podía elegir; en aquella época se nacía lo que se era.

—Los tiempos han cambiado.

—No somos los mismos.

—Nos hemos agotado.

—Escuche: es que soy huérfana. Un ejército de abejas ofendidas acabó con mis hermanos.

—¿Las habían violado a todas?

—Se trataba de llegar primero que los otros: llegaron, pero fueron vencidos.

—La muerte de mis tías ha sido algo que me ha dejado muy triste. Ya no sabía qué hacer de ellas, de grises e idénticas que estaban. Tan ciegas que, al venir volando, tropezaban en el aire con los objetos, que ya no veían. Tiraban al suelo jarrones, floreros, relojes, fotografías, lámparas de pie, hasta algunos mapas que colgaban de las paredes. Frecuentemente, al chocar en el aire, por su ceguera, con el extremo de los muebles, se lastimaban una pata o un ala, y yo debía recogerlas y entablillarlas; allí quedaban, después, en los sillones o en sus jaulas, con las plumas encrespadas por los nervios, tiesas en sus alambres, el pico metido entre las alas. «Sobrino —solían decirme mientras yo les vendaba una pata, o les enderezaba un ala torcida—. Qué vida tan larga que es ésta. Por qué no vendrá la muerte de una vez y nos llevará. Esto no es vida. Ya ni el alimento encontramos solitas.» Eso es cierto: tenía que pasarme el día recogiendo lombrices, gusanos, semillas, granos, frutas, para alimentarlas. Cuando había recogido bastantes, ellas bajaban por el aire, entontecidas y torpes, a comer de sus platos. No les daba de comer en la mano, porque la fría piel amarilla y callosa de sus patas me producía cierta náusea. «Sobrino, quisiéramos la muerte», me decían, al echarse a volar, y volver a chocar con el reloj, que caía al suelo. «Estamos destrozando la casa, esta casa que hemos querido tanto», decían, cuando se daban cuenta de los destrozos.

»Hasta que una vez las junté a todas (habían venido volando hasta las más lejanas, invitadas por un anuncio que yo difundiera), las encerré en la sala de recibimiento y, echándoles veneno, terminé con todas ellas. Fue una muerte muy triste y muy rápida.

»Yo, desde el techo, las vi morir con gran pena. Las más viejas y dóciles (aquellas que en vida habían sido las más dulces) no se resistieron a la suave muerte que les venía por el pico; apenas aletearon, movieron sus alas negras en un último abanico y cayeron blandamente sobre el piso, sin hacer ruido; pero las había más tercas; algunas, especialmente, pese a tener el plumaje reseco y duro por la edad, se resistían a morir; empezando, trataban de volar por encima del polvo que las otras habían ingerido, y así procuraban salvarse; cuando comprendieron que no solamente la ingestión, sino el aliento que escapaba del polvillo era funesto, comenzaron a volar rápidamente, largándose contra las paredes y el techo, buscando la salida; por suerte, era una habitación sin agujeros y no podían escapar. Ellas, de todas maneras, aunque comprendieron que no había posibilidad de salida, siguieron lanzándose desesperadamente contra las paredes; sus cuerpos al chocar, hacían un ruido estremecedor, seco; chocaban contra el estuco y rebotaban, chillando despavoridas; yo les recomendé silencio y quietud; los golpes que se daban hacían más largo y doloroso el final. Algunas sangraban y las plumas que se les desprendían del cuerpo comenzaban a teñir de oscuro el aire. Morían chillando, y eso me parecía muy desagradable; cuando todas estuvieron muertas, fui recogiendo uno a uno sus cuerpos y los enterré en el jardín. El tiempo, la edad, las habían reducido tanto que no pesaban casi nada; todas ellas tenían las patas encallecidas, rugosas, llenas de lomas duras; las plumas estaban secas y ennegrecidas; los picos, torcidos y sin brillo.

Estuve muy triste por varios días; no podía olvidarme de sus ojos y de la tristeza que tenían de estar tanto tiempo vivas.

Me había acostumbrado a buscarles comida, y la falta de esa ocupación dejaba un vacío muy grande en mis días.

Con el tiempo, he ido olvidando.

VIII. Federico

Alejandra

Nadie puede consumir una
mujer entera.

JUAN JOSÉ ARREOLA

a) Instrucciones para amar a mi amada.

Ella tiene una piel y eso es algo extraordinario

 que use una piel para cubrir
 sus ríos interiores
   los caminos del agua, la savia y la memoria
 por los cuales las vísceras se mojan.

 («¡Compañeros, Hoy me siento emocionado!»)

Quiero decirles: investigando, he descubierto algo extraordinario:
 hay una mujer que tiene piel
 por si ustedes no lo saben,
se trata de tejidos como nubes
que revisten sus glándulas y sus órganos vitales,

se trata de células que vagan pensativas por el cuerpo
(esas de allí a la izquierda, cubriéndole las cejas),

nubes vivas que se mueven apenas como montículos
[de arena
y de pronto un grande movimiento, un ciclón,
estremece la guitarra solitaria,
su piel es joven, apenas vuela,

y tiene esta cualidad: puede tocarse

si usted hace la cola y compra un número y espera
un rato hasta podrá acariciársela

ella la guarda como un tesoro
ella la cuida la mima la protege
como a un animal marítimo nocturno y enigmático
el lomo azul el vientre de coral la cima viento

(«Compañeros, se ha descuartizado a un negro en
Alabama y al hacérsele la autopsia se le hallaron
uñas correspondientes al período terciario,
por lo cual,
conservamos su cadáver al lado de la horca,
ejemplar macho, 36 años,
una gran cruz en llamas grabada a la espalda.»
Se investiga.)

Y en la piel ella luce esta inscripción:

«Sumamente peligrosa. Manipúlesela con cuidado,
produce escocimientos, estremecimientos de montañas, ciclones y catástrofes,
trátesela con cuidado, no olvide protegerse el rostro
con la máscara, y por favor,
no la toque
si ha olvidado el clavicordio.»

Ella la guarda como a un tesoro

94

la administra
la acaricia la alimenta nada más que de
sedas y caramelos finos
es un piélago que se sustenta de peces azules y
[delfines
del hielo de la Estrella Polar de sitios vacíos
de olímpicas ballenas, spleen y arias de Mozart.

Ella la mima la acicala
la cuida como a una niña
la baña la perfuma le pone polvos
ella tiene una piel como una niña muy querida
y se ha puesto a exhibirla, lustrosa y barnizada,
a las puertas de la vida,
(Su piel como una hoguera de pabilo transparente.)

—*pase mire vea*
sensacional presentación
un espectáculo sin precedentes
inigualable

Vea usted la sensacional revelación:
Una Mujer Que Tiene Piel

si usted compra un número,
quiero decir si usted hace cola echa sus monedas
podrá admirar espectáculo tan inusitado
alguien que cuida sus moradas
alguien que se hace gárgaras de piel
alguien que conserva la armonía de sus órganos en apo-
[sentos celulares.

Mírela usted
ella se acaricia la piel que le cubre las talones,
amorosamente se acaricia, se toca, se deleita:
como una gata blanca lame su pecho,
ella pasea sus manos por sus senos, su cintura, por
[su cadera

95

y sus lóbulos
sus manos se mueven dulcemente
portadoras de esenciales estremecimientos
efluvios linfálicos
(y los mapas de su piel entonces se adormecen)
héla allí, su piel agitando los vientos del lago Victoria.

(«Compañeros, todo convida esta noche al silencio respetuoso más que a las palabras... que se esperan... esta noche... del viajero que vien... el alma se nieg al luto... Otra vez siento bajo mis talones el costillar de Rocinante... coléricas al pie de est tribun... Otros lamentan la muerte necesaria; yo creo en ella cmo la almohad... triunfa... de la... desarraigado... depósito aletea cría aquel fuego vahos d d virtud inmortal... así, de enlaces continuos e invisibles... días de sangre y duelo... Hoy un sueño cayó sobre un hombre y lo ahogó. Todos corrieron a ayudarlo, pero cada cual que sumergía su mente en el sueño del otro, para rescatarlo, era a su vez absorbido por una cadena de misteriosas fascinantes asociaciones luminosas que lo asfixiaban; de manera que a la tarde lo solo que hubo lo solo que hubo fue una enorme procesión de muertos encaramados cada cual al color de su sueño —gris, gris azul, azul lápiz, torcaza azul, azul viento, esmeralda, calles grises y azul montaña—. Por la noche, todos tuvimos una gigantesca navegación de muertos. «Por aquí, por aquí pasarán los puros, los honestos, los de piel de sacrificio, los ahogados, los luceros, los valerosos, los tiernos, los suicidas, los abnegados, los que minuciosamente conservan cada arma robada al opresor, los progenitores, los belicosos, los torturados, los que en prisión aguardan, los perennes, los sobrevivientes, los que en silencio crecen.»)

ella tiene su piel color de ante
     miasmas amarillas
     manos delicadas
ella duerme únicamente de pie por no arrugarse
y los hombres que pasan por su calle le lanzan juegos
de pétalos florados con los cuales ella refresca la superficie ámbar de su piel

     dibuja en el aire bostezos redondos como un cero
con un espejo laminado se lame la nuca

     piel como bolsillos que la arrullan

     no podré ya acostarme sin mirarla
y si está su piel en pie
          como una pequeña melancolía que se estuviera
yendo yo fluiré detrás de ella

     («Compañeros:
     En esta noche todo invita a la meditación y al
recuerdo. Por aquí, por allá quedaron desvelados y
clamando justicia los cadáveres de nuestros amigos,
despedazados en embajadas y emboscadas funestas,
colgados de los pies, como escarmiento sarmentoso,
sus ojos grandes bien abiertos sobre el suelo contemplando la inmensidad del feudo, la soledad del
campo, el hambre, el latifundio, los sarmientos mal-
vas; sus manos crispadas sacudiendo el aire propie-
dad de la U.E. gas Co. —les recuerdo, de paso, que
no hemos abonado las últimas cuotas—; sus pies
hinchados recogiendo entre los dedos separados,
como puertas abiertas con machetes, las escorias
que el viento domesticado por los agentes del
Pentágono y la CIA ha diseminado en su camino.
Y para que los pueblos sepan lo que hay que saber,
les han arrancado las uñas de las manos colocando
en su lugar estacas, y las uñas enterradas han germi-

nado, ya se ven por el campo niños que en sus
cestas las recogen y las usan como puntas de lanza o
como triángulo de flechas. Y para que los pueblos
aprendan de una vez por todas la lección, los han
castrado públicamente, y sus sexos, como flores
marchitas se han despetalado por el suelo, rodando
de los escalones a las avenidas, entre rojos coágulos
de sangre; miembros diseminados por las plazas,
famélicos tristes: pero las mujeres en secreto los han
recogido, cuidadosamente los han envuelto en papeles suaves, y por la noche, con unción, los han
introducido, como cirios encendidos, en la intimidad
de sus óvalos, los han hundido cavilosamente, envuelto en sábanas, y los sexos de nuestros hermanos,
inmersos en ellas, silenciosamente engendran héroes,
paren cachorros que ellas miman en sus frascos.»)

le digo, ella se mira como una viuda en el espejo
héla allí, piel de color jalde
a lo mejor, si usted le cae simpático podrá gozar del
[privilegio de tocar

    ese piélago de arenas
    ese mar acrílico, celeste,
    la vegetación de su piel
    de la cual mana la leche
    piel mamantífera
    dorada por el sol
    relámpagos de arterias y fugaces promontorios.

*(Tres maderas y cinco tornillos han sido el principio
del universo. Desde el comienzo, todo parecía estar
afectado de muerte, por un endiablado desequilibrio
entre la realidad y el sueño.
Quiero decir: en cada caso.)*

He leído en la cima de una montaña sobre la cual se abría su pecho:
—Los ángeles son de suyo inodoros.
—Éramos diecisiete hombres. Quedaba ahora la responsabilidad nuestra, ...«cayendo día a día, en holocausto de sangre... custodia... resultado. Imagen caleidoscópica pasaban hombres gritando, heridos, pidiendo ayuda, detrás de las delgadas cañas, un silencio como un dedo sobre la boca la complicidad de los más sinfonía de plomo, a las cuatro horas, cuatro horas, tres minutos, doce segundos, Crescencio, sobre la misma, Ke lo maten a ése, a ÉSE. Ke lo maten bien Kon tiros de fusil».

> A Peirafux tramet mon partimen
> on la bella fai cor d'enseignamen.

Todo amante debe palidecer ante la presencia de su amada.

> Pus vezem de novelh florir pratz,
> e vergiers reverdezir,
> auras e vens,
> ben dei quascun lo joy jauzir dones jauzens.*

«Vestían grises camisas de corte militar, sobre los pectorales protegidos con ballenas de acero y cruzados por los correajes que sostenían, a los costados, el revólver y el machete: sus instrumentos de comunicación y persuasión. Los pantalones, color azul, embutidos en las botas relucientes. Y en la cabeza, el casco blanco de visera transparente; rostros sombríos, opacos, oscuros,

---

* Fragmentos pertenecientes al cancionero de los trovadores provenzales.

aovados, con frialdad de yeso y expresión congelada, de ausencia total de pensamiento, sustituido, a la altura de la nariz, por un caño de fusil.»

«Nos interesa la felicidad de todos los hombres de la Tierra. Nos repugna a la conciencia y en el corazón agregar un átomo de rencor que se sume al ya existente y contribuya a dividir, a separar a los hombres, que Dios y el estado hizo hermanos.»*

A la derecha, junto al gángster y al Führer.

Por la noche he tenido un sueño, he tenido un sueño, he soñado algo, he madurado un sueño, he temblado uno, un sueño, un querubín, he pergeñado un sueño, he eyaculado uno, helo aquí, helo aquí:

Estando mi alma delante de Dios, que reposaba,
volverá sus ojos hacia mí, que suspiraba,
y mirándome sabiamente, dirá:

    «Era una mujer, ¿qué creíste?
    El cielo atravesaste y junto a mí viniste,
    dando, vanamente, a una mujer, el amor que
                       [solamente
    a mí correspondía,
    y a la Reina de este Cielo.»

Decirle podré: «Tenía apariencia de ángel
que fuera de tu reino,
no es mi culpa, si me he equivocado».**

---

   * Esta frase fue pronunciada por el general Stroessner, festejando su reelección «presidencial».
   ** Guido Guinizelli, poeta italiano (1240?-1276), *Canción V.*

«¿Quién es esta que viene, que todo hombre la mira, y hace temblar de claridad el aire?»*

¿Quién? ¿quién? ¿quién? ¿QUIÉN?

¿quién?

¿Quién?

¡QUién!

—¡QUiÉN!—

«Nos sentimos con el derecho y la obligación de hacerlo, día a día, minuto a minuto»... Una cosa es la solidaridad moral con el pueblo agredido, otra cosa, votar contra el agresor... presión sobre las naciones. En envases higiénicamente presentados... lanzamientos de objetos nucleares. Conservados en litigio por la United Fruit, advertencias sobre la paz, organización de invasiones en cadena de supermercados por el aire y mar, filtración de provocaciones. En actos de exhibicionismo sexual, con fusiles, ametralladoras, disparos de armas de pequeño calibre y napalm, manipulación de estrellas promovidas por sus agentes de la CIA en todos los países, oficinas lujosamente instaladas En el seno de la Organización de Estados Americanos. Trascendió la paz, cundió el vértigo, masas hambrientas de océanos y ríos, que padecen las mismas miserias cierto número de técnicos, subsidiarios. No Hay Que HalarMArse, redistribución de las zonas de hambre nos dispararon disparamos volvieron a atacar repelimos gritos gritos aplausos, etc. Entonces volvimos, caminando en la noche fría de México, de luna eclipsada, todos los perros quejándose y nosotros aullando, había siluetas que se movían en las

* Guido Cavalcanti, poeta italiano, dolcestilnovista (1259-1300), *Canción IV*.

sombras como maniquíes estremecidos y uno de nosotros, con la pena o con el dolor daba puñetazos al aire, «Tan joven», decía, daba puñetazos al aire, iba solo, el dolor le afinaba la voz como el hilo de un cinturón, vimos a una muchacha de zapatos floreados, «Todavía hay quien usa flores», quejándose, los faroles todos apagados, antiguos, cerebrales, lacónicos, pusilánimes, «de éstos no se puede esperar nada», ¿y si nos viéramos en el aparato una canción cantada por Mina? A veces se tiene suerte, se capta la onda, se acierta con el programa, nunca en la vida vamos a tener una mujer así, pero de todos modos es una suerte que exista, yo qué sé de quién, se puso a tirarle piedras a los árboles, «porque son tan pasivos», hijos de puta los policías, los soldados, los sargentos, los ministros, los presidentes, los embajadores, los faroles, los porteros de las embajadas, los soplones, los que levantan falsos testimonios, los árboles que no se echan a andar y derriban a los militares, ¿qué miércoles hago con esta manaza? ¿me la guardo? ¿la meto dentro de un balde? ¿escribo poemas? ¿la escupo? ¿se la regalo a una prostituta? ¿la empeño? digo, «Cae la noche sobre la ciudad», y tranquilo me voy a dormir me meto en la cama me acuesto entre las casas y los edificios, ¿qué hago con esta manaza?

Ella se vuelve me mira me restaña la herida me mece me mima me hamaca me restablece me da caricias me resbala hasta el pantalón ella me sostiene me levanta me embalsama ella me inmoviliza me secuestra entre sus piernas ella no me deja partir ella me cierra las puertas de su vientre de su Hora vaginal de su casa de su cuarto estoy adentro ya no saldré más ella me esteriliza me hace suyo.

—Como si nosotros, los ciegos navegantes, no tuviéramos derecho, por ser ciegos, a navegar. Sépase bien que los huidizos caminos del mar son frecuentados por naves más sutiles, de índole diversa, y que a playas más hondas hemos arribado alguna vez, conducidos solamente por la sed de espacio y la insatisfacción, que es tan parecida a la sed de navegar. Y el Helosponto, y los canales, y los cabos, y los golfos, y los fiordos, y las radas, y las costas inclinadas, y los planos inclinados, y las tarjetas de Navidad extendidas desde islas remotas, todo es surcable por marineros ciegos, dejándose llevar por el óvulo esférico de una brújula de la época de Jonás el biencomido.

—*Hijos míos, hijos míos.*
Olisquea.
Ese color, Ese color.
   De tu vientre amantísimo. Por los siglos de los
                    [siglos.

IX. Oliverio

El abuelo

El abuelo está sentado en un banco, al sol, masticando un gran choclo blanco. Le pasa los dientes por encima de los granos, que trillan, que trinan y se le van por la boca adentro, a la jaula del estómago. Come con furor, porque está enojado. Entonces come con furia, deseando destruirlo todo. Raspa el choclo con los dientes; es verdad, algunos granos se le escapan, le ruedan por el triángulo de pecho que se le abre bajo la camisa que parece un mantel cuadriculado (pelos rojos, pelos blancos, caracoles de pelos, pelos de pecho enrulados; si se le viera todo el tórax, desde la cintura, su gran matorral de pelos haría pensar en la corteza de algunas palmeras, de largos cabellos hasta el suelo, como amazonas desnudas de piel oscura cuyos cabellos rodaran más abajo de la cintura).

Mi abuelo come; y si algún grano se le escapa, se le mete por el pecho, salta la camisa hacia abajo, hacia la playa del pantalón, se enfurece, sacude las rodillas; si atrapa al descarriado (al que se le ha salido de los carrillos de la cara), lo aplasta con el pie, y el grano blanco, juguetón, es brutalmente hundido en la tierra, aplanado, como un sapo sorprendido por un auto que estalla en el camino, queda estirado, tendido, como un trapo, toma el color de la tierra o el color de las plantas, si uno pasa cerca ni lo ve, ni lo distingue, nadie sabe qué era, qué había sido qué fue que fuera en algún día no distante un querido sapo. Grano sapo abuelo camino. El abuelo camino de los granos y camino de los sapos.

Hace años que no oigo hablar a mi abuelo. Desde que soy chico, no oigo hablar a mi abuelo. En cambio, lo he visto muchas veces comer. Abre las compuertas de su boca y por el canal azul se hunde la comida; desaparecen las fuentes de arroz, las hileras de uvas, los tomates con su cabo verde, las lechugas llenas de volados, las volubles frutillas, las jarras de vino, las pechugas de pollo; todo desaparece, se sumerge, remonta el camino de los días por la vía de su pico abierto, succionante como un hoyo lleno de viento. Y el viento se silencia si cerramos puertas y ventanas; pero aquella vez no había nadie en la casa, nadie más que mi abuelo y yo, y mi abuelo, yo nunca lo había oído hablar en la vida, comía choclos, todo el viento soplaba, Lastenia se había ido por el camino de los alisos, el viento soplaba como un saxofón en la noche, de tocador ebrio, a mí me ardían los oídos del ruido del viento y de las frases que mi abuelo no decía y yo le adivinaba por la cara, iba a ahogarse, estaba seguro, de todo lo que quería odiar, maldecir, condenar en voz alta y no podía, según mi madre porque se le habían gastado las cuerdas vocales de tanto gritar, de tanto chillar y hacerse el loco por la casa. Pero como un instrumento desvencijado, como una guitarra mutilada (quebrada una de las cuerdas como el ala de una paloma que ha caído) o un piano sin bemoles, como una silla sin patas, el viejo se parecía a un hombre rengo: vacilaba por los cuartos, su boca muda, derritiendo sus días por los corredores, alimentándose ferozmente, para resistir la muerte, sin hablar, sin morir, solamente vivo.

—¿Por qué nunca he oído hablar al abuelo? —le pregunté un día a mi madre.

Ella me dijo que él ya había hablado bastante; que en realidad, había hablado demasiado, y éste era su castigo. Ella podía recordarlo perfectamente dando órdenes, empujando a la gente, sometiéndolos a gritos, lo había visto obligando a los niños a comer del suelo la comida de los perros, lo había visto castigar a los peones, maltratar a los caballos, encerrar a sus hijas, lo había visto disparar contra los pájaros y destrozar los capullos, perseguir a las sirvientas detrás de las puertas y quemar la tierra de sus vecinos. Una vez la había hecho remar durante todo el día, para castigarla por el olvido de unos clavos, y tuvo que remar varias horas seguidas («Por favor, padre, déjeme salir del agua», suplicaba ella), y solamente cuando se hizo la noche y ya hacía varias horas de oscuridad (ya había una luna de azogue dejándose caer por el tejado), ella, medio desmayada pudo abandonar el bote, el remo, tenía los brazos duros, los músculos hinchados, no parecía una mujer, y las manos palpitaban como un corazón al descubierto. Cuando hubo llegado a la cama (tenía los brazos duros como dos mástiles), él se le acercó, y con acento dulce le dijo: «Era para que la próxima vez no olvides los clavos», pero ella, deliberadamente, a los pocos días, los dejó olvidados; entonces tuvo que volver a remar, y él, a la noche, estando la luna crecida como un rostro hinchado, la luna como un ombligo, volvió a decirle la misma frase, pero ella ya se había acostumbrado a remar, de modo que no le importó, entonces él, cuando venían las visitas, decía, ufano: «Vean a mi hija, la mejor remadora de la zona», y no quería que los varones de la familia remasen; a ella, cada día, los músculos se le ponían como los de un hombre; estaba cansada de remar y se agotaba, pero el viejo la lucía, había prohibido a los demás usar el bote, y cuando venían a visitarlo las familias, la hacía remar, «Quiero que te luzcas», le decía, aunque hiciera horas que estaba remando; y si ella se resistía o lo hacía lentamente, a la noche él la esperaba junto al embarcadero (los pastos verdes y la luna crecida) y con un junco le daba en las piernas, en los brazos como mástiles, en la cintura, en los hombros. Estaba tan cansada y tan harta de remar que hasta le dejaba sin cuidado que él la castigara; él le daba con una vara, en el embarcadero, en silencio, sin decirle nada; ella a veces hasta se sacaba el vestido para sentir algo, algo más que el remar y el fluir, el fluir, el remar, el rotar del agua, el agua mecida, el molimiento de los sauces llorones. Se sacaba el vestido, todo era azul en la noche (el agua azul, los sauces azules, el bote azul, los remos azules; el abuelo azul de camisa blanca dándole con la vara; detrás suyo los árboles azules y el perfil del bote amarrado con cuerdas al embarcadero), y ella que se quitaba el vestido y lo dejaba en el suelo, para que él le pegara directamente sobre el cuerpo.

Yo a veces me acerco a él y lo toco un poco, como a la imagen de un santo, en la iglesia o en los libros; como algo que está muy caliente y hay que tocar despacio; otras veces, lo toco como a un cristal muy sensible que en cualquier momento se puede romper. Él no me mira nunca; si me acerco despacio, por atrás, y le hundo un dedo en las costillas, él deja de todos modos su mirada vagar por el suelo o por el pasto, o por la arena, como si solamente un insecto se hubiera posado en su manga, como la vaca come distraída y sacude su cola, para desplazar las moscas, él continúa comiendo, mirando,

mirando, comiendo, y se mueve un poco, para espantarme a mí.

Yo a veces me acerco a él, sin que me vea, sigilosamente, por la espalda, dando cortos pasos silenciosos, que no hacen ruido; me acerco un poco a él, que come y que mira con sus ojos azules el pedazo de tierra amarilla que tiene delante, y muy despacito lo toco; lo toco despacito porque tengo miedo que al tocarlo se caiga, se deshaga entre las manos, tantos años tiene; pienso que a lo mejor, como esas hojas que están secas, cuando uno las toca crujen y se estremecen, deshaciéndose, dejándonos nada más que un polvo color madera entre las manos, él, lo mismo que las hojas secas, se desintegrará y su polvo ceniciento caerá a la tierra. A lo mejor su polvo en la tierra germina y nace de él alguna planta; será una planta de abuelo, que muy verde irá creciendo y cuando yo pase debajo de ella se inclinará hacia mí, me revolverá la cabeza y me tirará un poco del pelo, si yo no la obedezco. Mi abuelo, planta verde germinando prendida a la tierra, sacude su cabeza, su gran hoja lustrosa como una lengua húmeda que ha crecido mucho, se mueve, silabea, saliva, ondula, cerosa, murmura, maldice en oraciones, credos y discursos.

X. Oliverio

El Velorio
El Velorio
El Velorio
de la Muñeca de mi Prima Alicia

Como Alicia es una boba, hoy los primos decidimos
burlarnos un poco de ella, porque el tiempo estaba malo,
todo el día se la pasó garuando y ya ni se veía para
afuera, de la niebla que tenía el aire. Cuando me desperté,
ya me di cuenta que el tiempo no iba a estar bueno en
todo el día. Las tías se quejan de la falta de agua, que
en todos los diarios dicen que nos secaremos como tuli-
panes, como plantas sin regar, sin llover, sin mojar, y
han pedido que ahorremos en el consumo cotidiano,
pero como dice mamá, en qué vamos a ahorrar, si el
agua es necesaria como el aire. Por la radio el gobierno
ha pedido que nos pongamos a rezar, a ver si así llueve,
y tía Lucrecia ya lleva dos novenas a la virgen del Car-
men y nada de agua, todavía. El tío Andrés trajo de la
ciudad a un señor que dice que hace llover mirando
las nubes y apretándolas con unos rayos; yo de esto
no entiendo mucho, pero lo vi sudar y sudar todo un
día en el patio, y nada de agua, que solamente unas
gotitas cayeron, yo las conté, y fueron cuatro: una
muy pequeñita me cayó encima de la nariz, y en-

111

tonces levanté la cabeza, vi el cielo anubarrado y me puse a brincar.

—¿Por qué brincas así? —me dijo tío Antonio, que estaba echando el balde al pozo, para ver si quedaba un poco de agua en el aljibe.

—Es que me ha caído una gotita de agua en la cara. A lo mejor empieza a llover —grité yo. Daba brincos como un caballo chico, no solamente por el famoso asunto del agua, sino por ganas de brincar. A lo mejor llovía, y si llovía todas las plantas se mojarían, y con el agua que les colgaría de las ramas, de las hojas, de los capullos, de las flores que empezaban a abrir sus pétalos y sus corolas todo iba a brillar, brillarían las hojas alargadas y finas de los laureles rosa, que son verdes por adelante y por detrás, y algunas gotitas se deslizarían campánula abajo de las bocas rosas del laurel que se sacude y oscila en la parte alta cuando llueve, y si llovía, es seguro que el rosal se iba a humedecer, que a las hojas de la rosa té (verdecitas en el centro, amoratadas hacia los bordes, rojas y rosadas cuando son chicas y recién han nacido) el agua no les resbala, sino que se le queda, le cuelga del tallo entre las espinas: a la rosa té las gotas de agua se le quedan suspendidas, pendientes del tallo y por nada del mundo se les resbalan, aunque haga horas que ha llovido no se le caen y cualquiera las puede ver, suspendidas del tallo o derramadas en las hojas, sin moverse, mirando el mundo para abajo, dueñas de magnífica inmovilidad.

La segunda cayó sobre una oronda hoja de hortensia y todos nos pusimos contentos, porque era un poco más grande que la mía, la primera, la que había caído en mi nariz. La tercera, dejó un ojo negro en el suelo, sobre la piedra del jardín, pero la cuarta nos desilusionó por completo: era una gotita sin importancia, mínima, que se le había caído a alguna nube por descuido.

Después, aunque el cielo permaneció anubarrado, encapotado, como dice mi tío Julián, tal cual si el cielo fuera un gran cabeza y las nubes las cintas y los moños de la capota, no llovió más. Yo veía los furiosos esfuerzos del señor que había venido de la ciudad por conseguir algo de lluvia y me daba un poco de lástima de él y de la ausencia de agua, haber hecho un viaje tan largo y conseguir nada más que cuatro gotitas insignificantes, que a lo mejor hubieran caído igual sin su ayuda. Y la abuela Clara está furiosa, porque dice que estos inventos no sirven para nada, que cuando no se le antoja llover no llueve, así vengan todos los señores del país y que gastamos tanto dinero para esto, para cuatro gotitas, una sobre mi nariz, una sobre la hoja de hortensia tan oronda que se parece a la prima Yolanda (la que se casó con el militar), otra que se desperdició en el suelo y la última que fue tan chiquitita que no sirvió para nada. Y el hombre que vino de la ciudad déle y déle transpirar dándole bomba a un aparato que apunta su lápiz hacia el cielo, bombardea las nubes como si fueran ciudades que hay que asolar, «Salven a los niños y a las mujeres, salven los hospitales y las iglesias», grita mamá, que se ha creído que es un bombardeo de verdad como dicen los diarios que se hace entre los países, del más grande al más chico, porque el más grande es siempre el que tiene las bombas, y los demás son los que tienen los niños abiertos de piernas por un proyectil, las mujeres mutiladas por el fósforo, los jóvenes desnucados por las esquirlas, las escuelas derruidas y destruidos los hospitales. «Salven a los niños, primero los niños», gritaba mamá como una loca, y corría a buscarnos por toda la casa, cuando vio en la mitad del jardín el aparato del tamaño de un hombre y el hombre desesperado dándole manija y los rayos disparados hacia las nubes, que muy altas, permanecían inmóviles, en total indiferencia, sin conmoverse, como si los rayos ni les llegaran a hacer cosquillas. Si ellas miran para abajo, estarían riéndose de nosotros, del señor del invento y del tío Andrés que estaba a su lado, para sustituirlo cuando él se cansaba de dar tanta bomba. «En otros lados ha dado resultado, ha dado resultado», insistía el hombre, en medio del jadeo del bombear. «A los refugios, a los refugios», gritaba mamá, y se llevaba a la pequeña Emilita en brazos, huyendo en dirección al sótano, cuando la abuela Clara gritó: «Detengan a esa loca, qué se ha creído», y Tolomeo, que es el más paciente, se fue detrás de mamá, a convencerla de que no nos estaban bombardeando los extraños, sino que se trataba del agua y de la lluvia.

El cielo estaba parejo, de color gris, sin una sola abertura, sin un solo matiz, y era de esperar que se estuviera así el día entero, aunque a veces aparecieran, muy altas, unas nubes intensas, azuladas y oscuras en el centro, con los bordes aluminados, brillantes. «Es la claridad de Dios, es la claridad de Dios», gritaba mamá, pero nadie le hacía caso; de todos modos, yo me quedé mirando un rato esas nubes que aparecían, porque eran muy bonitas, no digo la forma, un poco abuchada, sino la mezcla del gris, el negro y el esmalte de los bordes. «Si se rompiera una, si se rompiera una», aspiraba el señor de la máquina mientras disparaba sus rayos, pero las nubes nada de bajar, inmutables, con su paso de vacas lentas.

Entonces Gastón bajó de su cuarto y se vino al jardín, a andar conmigo. Él se aburre de mirar y casi siempre está dando vueltas, moviéndose, porque la quietud lo mata. Así que no lo invité a mirar las nubes, porque no era cosa que le importara. Pero en seguida se dio cuenta que el día no iba a mejorar: tenía aspecto de seguir así todo el tiempo y hay gente que con el gris se desanima, no como yo, que miro y remiro cómo cambian las cosas cuando el tiempo está malo. Y después de unas horas el hombre de la máquina se fue, montó el aparato en la caja de un camioncito que había traído y se fue furioso porque no había llovido nada, y mi tío Andrés estaba más furioso todavía porque todo se iba a secar, sin agua: las plantas y los árboles y los jardines se secarían y los ligustros y hasta los árboles hechos especialmente para resistir la sequía seguro que se morirían de sed y se secarían los caminos y las albercas y los transparentes y nosotros mismos nos secaríamos los chicos y los grandes, que los ríos, según la radio, andaban ya desaguados, y los arroyos desagotados y el agua del mar, que aun había un poco, no servía para regar las plantas ni para ser bebida, por lo cual no era consuelo, y los pozos secos, y ya andaban los animales medio muertos de sed, según la radio, muriéndose en el campo.

—No abrirá en todo el día —dijo Gastón, que cuando habla, le gusta imitar a los mayores. Yo le hice adiós al hombrecito de la máquina cuando lo vi partir, muy enojado de cara y haciendo vibrar la máquina en la caja del camión, de los golpes que le daba al camino. «Ese hombre terminará mal», sentenció tía Lucrecia, que siempre anda viendo en la cara de los otros el final. «Nos secaremos, nos secaremos todos», gritó mamá, que ahora ha entendido el asunto de la máquina, se lo explicó Tolomeo, pero ya no tiene importancia porque el hombrecito se ha ido manejando rabiosamente su camión.

—No griten tanto —ha ordenado Andrés a las mujeres, que clamoreaban por el patio—. Era solamente una prueba. Los experimentos a veces fracasan —concluye, y se va para su cuarto: él está también furioso, porque no soporta que las cosas le salgan mal.

Después, como a las dos horas, empezó a garuar,

despacio, pero este agua no venía del cielo, como la de lluvia, sino de una niebla espesa que lo cubrió todo, el jardín, los árboles, el campo, los invernaderos, la planta alta de la casa, y en ella se diluyeron, esfumándose, las ramas, los pájaros, las nubes, hasta las cosas que siempre teníamos próximas y era habitual ver. Esto lo contemplamos desde el altillo todos los primos, que estábamos reunidos para jugar. Cómo una gran masa de niebla empezó a avanzar, a invadirnos, a inundarnos, caminando suavemente por el camino y por el aire, tragándose a cada paso a cada bocanada de humo algo de nuestro alrededor; primero fueron los grandes árboles, hundidos, sepultados en la niebla, de modo que nada se les veía, nada quedó afuera, y si alguien hubiera pasado por allí, bien podría haberse dado un buen golpe con ellos, porque no se les veía nada, ni las raíces, ni el cuello, ni la garganta, ni las ramas, ni las hojas, ni los frutos; después le tocó el turno a las estatuas, que se sumergieron en la niebla lentamente, difuminándose, primero la cabeza, después el tronco, luego un pie, entrando poco a poco en esa sólida niebla que avanzaba como un barco visto de lejos, segura y firmemente; una estatua entraba un pie en la niebla, luego un brazo, hasta desaparecer en la bruma, en la marea que se lo tragaba todo, serena, mansamente, dueña de un poderosísimo silencio, augusto y solemne. Yo nunca había oído un silencio así. No había oído jamás un silencio de ésos. Las cosas se introducían en la niebla en medio de un silencio desolador sobrecogedor y universal, como si el mundo se estuviera perdiendo sin ruidos.

—No me gusta nada ese silencio —dijo Norberto, que estaba mirando conmigo cómo la niebla avanzaba, tragándose las estatuas—. Vamos a jugar a la banda. Tú serás el clarinete, yo la trompeta, Alicia el tambor, Diana el piano y Sergio el violín. Que dirija Gastón, que es el que entona mejor.

Pero yo me quedé mirando la niebla que se nos venía encima.

—Ja —se rió Sergio—. Se tragará también la casa.

Y de la niebla fueron saliendo unas gotitas de humedad que quedaron depositadas sobre las cosas. Sobre todas las cosas del mundo.

—Vamos a jugar a los doctores —propone Gastón.

Y todos los primos se alegran con la propuesta, y corean en conjunto, como sapos: «A los doctores, sí, a los doctores.»

—Un rato cada uno será doctor —continúa instruyéndonos Gastón.

A la única prima que hemos dejado entrar a nuestro altillo es a Alicia, y la muy boba está contenta, salta y da vueltas, zonza, como si fuera un mérito que la dejáramos entrar a la pieza donde Gastón guarda sus útiles de trabajo, como si fuera un privilegio haberla separado del resto de las primas, diciéndoles:

—Ustedes no, ustedes juegan solas, entre mujeres: la única que puede venir con nosotros es Alicia.

Y la boba de Alicia que se sintió orgullosa, tomó su muñeca en brazos, la hamacó, les dijo a las otras:

—¿Vieron? ¿Vieron? —y la muy pava se vino con nosotros al altillo, haciéndose la importante.

—Primero, a lavarse las manos —indica Gastón. Todos vamos hacia la palangana esmaltada que tiene en un costado y hacemos que nos enjabonamos, gastando mucha espuma. Alicia nos mira hacer, embobada. A ella Gastón todavía no le ha indicado nada.

Sergio dispone el instrumental encima de la mesa. Tenemos un mandril, un ductor, un bisturí, un escalpelo, una lanceta (que perdió misteriosamente mi tío Andrés que siempre andaba diciéndonos: «Tengan cuidado con ella, muchachos, no sea cosa que se abran una mano»), un estilete, una cánula y varias pinzas.

—Yo no estoy enferma —protestó Alicia, que al ver tantos objetos extraños y puntiagudos sobre la mesa, ha tenido miedo.

—Tú no, pero tu hijita sí —dice Gastón, señalándole la muñeca que Alicia no desprende jamás de sus brazos—. Y vamos a curarla, aunque es un caso muy grave —concluye.

Alicia se queda muy contenta, porque ha entendido el juego. Retrocede hasta la puerta, con ese aire de persona mayor, de vecina, que asume cuando juega, para aparentar que es una señora, la muy pava, y caminando en punta de pies, como si se balanceara en finos zapatos de taco alto, se aproxima al grupo de primos que rodeamos la mesa, cuyo centro está iluminado por una luz que Gastón ha colgado del techo.

—Buenas tardes —saluda Alicia, que se ha pintado los ojos con un lápiz verde y que nos mira como si todos fuéramos grandes—. He traído a mi hija, doctor, porque no se siente bien. ¿Podría revisarla un poco?

Gastón la mira, nos mira, mira la muñeca con ojos negros, brillantes.

—Cómo no, señora —continúa la farsa de Gastón—. La acostaremos sobre la mesa y veremos qué es lo que tiene.

Alicia entrega su muñeca, que ella misma coloca sobre la mesa, arreglándole un poco los cabellos y la ropa, acomodándole bien los rulos de pelo verdadero que le ondean por la cabeza. Es una muñeca muy linda, que Julián le consiguió de Italia, y camina, y dice mamá mamá por un redondel que tiene donde debería estar el ombligo, y Alicia no se separa nunca de ella, y le ha cosido ropa, y la cambia de vestido, y la maquilla un

118

poco, como se pinta ella misma los labios o los ojos.

—¿Tendré que esperar mucho, doctor? —pregunta Alicia, que se ha sentado de piernas cruzadas en el sillón, y con una hojita de papel que retira de su cartera hace como que enciende un cigarrillo y lo fumara, copiona, que así ha visto fumar a Alejandra.

—Dependerá, dependerá, señora, por ahora no le puedo adelantar nada, hasta que la revise bien —responde Gastón, y haciéndole una señal a Sergio, continúa—: Por favor, enfermero, déle una revista a la señora para que se entretenga mientras nosotros trabajamos.

Sergio, obediente, recoge una revista del suelo, que es de mecánica, y se la alarga a Alicia. Entretanto, todos los primos nos aproximamos a la mesa, rodeándola silenciosamente, acechándola, la mesa, la muñeca, la bonita carga que soporta, los ojos vivos de la muñeca, la piel de cera, las manos enceradas, el pelo natural, las abejas de los ojos, las piernas esmaltadas barnizadas y tan bien, la luz que viene de la lámpara bañando la muñeca muñequita mus mus.

Gastón hace unos pases silenciosos sobre su cuerpo sin tocarla. Se ha puesto unos viejos lentes del abuelo, sin cristales, el armazón solamente, y manipula por encima de la muñeca un termómetro, una venda, una cuchara.

—Esta revista no me gusta —grita desde su asiento, confiada, Alicia—. Quiero una con modelos de vestidos.

Gastón aparatosamente se vuelve hacia ella, retira los lentes que se apoyaban en su nariz y como dotado de infinita paciencia, le dice:

—Señora, este diagnóstico es un poco delicado. Si hiciera el favor de no interrumpirnos.

Alicia no ha entendido el discurso de Gastón y se ha molestado un poco.

—No sé qué quiere decir aunóstico. ¿Aunóstico? ¿Qué es?

—La enfermedad de su hija, señora —ayuda Sergio—, es algo complicado. Nos llevará un tiempo curarla y devolvérsela sana.

Alicia tira la revista de mecánica lejos.

—Si yo me voy a tener que quedar todo el tiempo sentada, sin hacer nada, no juego y se acabó —dice.

Gastón avanza hacia ella. Alicia se repliega. Retrocede. Él es muy fuerte y ella ya ha visto cómo ni Norberto, ni Sergio, ni yo, los tres juntos, podemos contra él.

—Si no quieres jugar así, mejor te vas con las mujeres —amenaza Gastón—. Aquí no te necesitamos.

—Quiero mi muñeca —reclama Alicia.

Pero ya es tarde: ha caído en nuestras manos y ninguno de nosotros se la devolverá.

—Vete sin ella, si quieres —le grita Gastón.

Alicia comienza a llorar bajito, para que no la oigan. Se ha sentado en el suelo, sobre la madera del piso, y desde allí, la pollera un poco levantada, llora en llanto bajo, como una quena nocturna y asordinada.

—¿Qué es ese ruido? —grita Gastón, que ha vuelto a la mesa de operaciones, aunque sabe muy bien que es el llanto bajito de Alicia en el piso que no se anima a llorar más fuerte.

—Son los pájaros, los pájaros que han empezado a chillar —miente Sergio, y él, el mentido, se deja mentir a sabiendas, mientras aclara la luz del centro, para que caiga directamente sobre la muñeca.

—Enfermero, desvístala —ordena Gastón, imperioso, mientras se calza unos guantes de nylon color carne que ha conseguido que mamá le regalara, porque estaban agujereados y el agua se filtraba por ellos, como por una red.

Yo empiezo a desnudarla. Estoy nervioso y todos me miran. Escucho, cerca de la puerta, el llanto bajito de Alicia, que ahora llora monótonamente, como si ya no tuviera más ganas de llorar, pero sin saber qué hacer, con qué entretenerse, continúa llorando. Los primos rodean la mesa, de modo que ella no vea lo que le hacemos a su muñeca. Están todos alrededor mío y de la mesa, mirándome las manos. Estas mismas manos con las que toco el piano, las teclas, las plantas, el agua. Todos me miran y secretamente me envidian. Yo estoy un poco nervioso y actúo con torpeza. Gastón se calza los guantes, ajustando bien la forma a los dedos, frotándolos, para que no se le formen pliegues.

Desabrocho el vestidito que tiene unos ojalitos pequeños, como pestañas, como diminutas cerraduras, como bocas muy chiquitas que se abren y bostezan. Los botoncitos son blancos, redonditos, nacarados. Me cuesta calzar mis dedos en la pequeña abertura y desengarzarlos. Al final, los cuatro ojalitos abiertos.

—Por arriba —dice Norberto.

—Por abajo —dice Diego.

¿Por dónde he de sacarle el vestido? ¿Por arriba? ¿Por abajo?

—Quítaselo por donde quieras —me ordena Gastón.

Yo obedezco. El vestidito es entero, con dos mangas que no llegan al codo y terminan con puntillas blancas; la tela es a cuadritos, azules y rosados, y en el cuello, y en el borde de la pollera, tiene un galón rojo. Hay un bolsillito blanco, en la blusa, hacia un costado. Me decido por sacárselo hacia arriba. Tiro un poco de los hombros y la tela blandamente fluye. A medida que la tela se desliza y le va pasando por la cabeza, asoman sus dos piernas enceradas, con la leve cima de la rodilla, los muslos se abren, como dos puertas que cedieran;

todos los primos están alrededor, observando con avidez, y muy lejano, se oyo el sollozo de Alicia, que ya no parece un llanto, sino un canto. Me he trabado con las mangas, de modo que aparecen las piernas desnudas con su fresco olor a porcelana, los muslos que encarnados brillan como si estuvieran húmedos, y lucho por subir un poco más el vestido, la falda, pasarlo por la cabeza enrulada.

Gastón le pasa las manos por las piernas. Cerca del suelo se oye a Alicia, que ahora ha convertido casi inadvertidamente, sin transiciones, el llanto en un lamento suavísimo, que me parece es una canción de tristeza que yo oí una vez en la iglesia. Gastón le pasa y le repasa las manos por las piernas; nadie más se anima a tocarla, sino yo, que he recibido la orden de desvestirla. Aun estoy luchando por pasarle la última parte del vestido por la cabeza cuando Gastón ya ha empezado a tocarle las piernas. Los demás miran, arrobados.

—Es una cera muy brillante y muy pareja —reflexiona Gastón en voz alta—. Se la han debido pasar con un pincel, así —y le pasa la mano hacia arriba y hacia abajo, muy suavemente, el dorso y la palma, el envés y el derecho, las falanges y el monte de Venus, como si sus dedos fueran las dulces hebras de un pincel de pintor acariciando el lienzo, la lámina, la tela, la piel.

Al final, termino por sacarle el vestido entero. La muñeca queda desnuda, sin nada abajo. Esto nos sorprende a todos. Diego, que es el más ingenuo, hace la pregunta.

—¿Y no lleva nada debajo?

Abajo, debajo del vestido, debajo de la tela del galón del bolsillito blanco no hay nada. Le he quitado el vestido y no tenía nada debajo.

—¡Silencio! —grita Gastón.

Acomoda un poco más la luz, alrededor los primos

122

nos callamos y él continúa la exploración. Ahora ya ha llegado hasta los muslos. Lo único que se le nota es el redondel sonoro, en la mitad del vientre, como un ombligo que se hubiera desmesurado. Pero Gastón no ha llegado aún a él. Anda entre las piernas, como un can que ha perdido la huella y repasa, va, vuelve por los mismos lugares; como un can se agacha y la huele, le huele las piernas; después se inclina sobre ella y con un gesto violento de las manos, le abre las piernas. La muñeca queda pierniabierta sobre la sábana blanca que hay arriba de la mesa, bajo su espalda. Pierniabierta, con los ojos muy claros fijos en el techo, como si aquello que le está sucediendo más abajo del vientre le fuera ajeno, fuera de otra, no le perteneciera, no le estuviera sucediendo a ella.

Queda pierniabierta, los ojos fijos en el techo, indiferente a aquello que le está pasando más abajo de la cintura, como si sus piernas no fueran de ella, como si no pertenecieran a su cuerpo.

—Levántale un poco más la cabeza —ordena Gastón y entonces Sergio la toma del cuello, le eleva la cabeza, la distancia del pecho, la cara queda más atrás, mirando a la ventana oscurecida por una cortina negra.

Ninguno de nosotros se acerca. Yo he tirado el vestidito al suelo, en un rincón, detrás de la papelera, para que Alicia mejor no lo vea. Alicia, que ahora ha encontrado una cucaracha, en el suelo, y se entretiene poniéndola de espaldas, dejándola mover las patas en el aire en movimientos torpes y desesperados; después de un rato de verla sufrir, la coloca boca abajo, pero no bien ha andado un corto trecho y reiniciado confiadamente su marcha, ella vuelve a ponerla de espaldas, con un rápido golpe que la sacude toda. Mejor, mientras esté entretenida con la cucaracha no pensará en su muñeca.

La mano se mueve, avanza, retrocede un poco, se

cruza, sube, resbala, oprime, golpetea la mano de Gastón por los muslos de la muñeca. Ahora que está con las piernas bien abiertas y la cabeza atrás, Gastón le huele el vientre, allí mismo donde termina, en el triángulo del cual parten como diagonales sus dos piernas despenadas. Le huele el ángulo del vientre, donde nacen sus piernas, sus muslos, su juntura, huele una y otra vez, desconforme. Olfatea como un perro perdido, feroz, violento. Después le pasa la mano por ese lado, más abajo del ombligo, registra entre sus piernas y finalmente proclama:

—Le falta algo para ser verdadera.

Todos estamos callados, esperando sus indicaciones. Uno a uno nos permite meter la mano entre las piernas abiertas de la muñeca, disparadas como de un incendio, uno a uno nos deja revisarla, buscarle el agujero que no tiene, que le falta, husmear allí donde todo olor se recoge y sedimenta.

—Mejor le tapamos los ojos —propone Norberto, que tiene la mano metida entre las piernas de la muñeca, escarbando.

Sergio le cierra los ojos, que dejan caer sus pestañas como cortinas celosas, como nichos que encierran dos cadáveres recientes.

Yo miro hacia los costados de su pecho, donde tiene dos pequeñas lomitas, dos cicatrices que culminan con dos puntitas rosadas, como dos marquitas de fuego. Gastón ya está allí, tocándole los pechos.

—Son demasiado duros —dice.

¿Deberían ser más blandos?

Los aprieta con la mano, palpándolos, tocándoles el material, la forma, la consistencia. Después de un pronunciamiento, repite:

—Son demasiado duros, y las puntas, demasiado pequeñas.

124

Las puntas son como dos labios chiquitos y rosados que tuviera en la mitad del pecho.

—Vamos a agrandárselas —propone Gastón. E inmediatamente, todos los primos dejamos de tocar a la muñeca, y esperamos sus órdenes.

Nuestros movimientos y jadeos han asustado a Alicia, que se acerca para averiguar lo que estamos haciendo. Como intuye algo raro, se pone a llorar otra vez, olvidando a la cucaracha, que, libre, se echa a correr, deseando escapar.

—Quiero mi muñeca —grita Alicia.

Gastón se ha molestado.

—Si no conseguimos curarla, te compraremos otra, más linda todavía —le propone.

—Pero yo quiero ésta —insiste nuestra prima.

Gastón se aproxima a Alicia.

—No todas las enfermedades son curables, has de saber. Y tu muñeca padece un mal muy extraño, poco conocido. Todavía tendremos que trabajar todos juntos mucho tiempo, antes de saber si saldrá con vida. De todas maneras, tú puedes esperar afuera, si así lo deseas.

Alicia hace un gesto negativo con la cabeza. Entonces Gastón le grita.

—Si dices una sola palabra o te oigo llorar, ¡afuera contigo! —le amenaza—. Te irás a jugar con las mujeres, y nosotros no te devolveremos nunca más tu muñeca. Así que si decides quedarte, al rincón.

Alicia, lloriqueando, se va a su rincón; se sienta en el suelo, justo detrás de la papelera donde yo eché el vestido; lo encuentra, y al encontrarlo, se pone a llorar más fuerte; pero como no quiere que Gastón la oiga, lloriquea mordiendo la punta del vestido de la muñeca que espera desnuda, los ojos cerrados, la cabeza inclinada hacia la ventana, las piernas desmesuradamente abiertas, como un compás violento, vulnerado, desarticulados sus miembros.

—A nuestra tarea —indica Gastón.

Vamos a agrandarle los pezones a la muñeca, que los tiene muy chicos, y así no tiene gracia, según Gastón. Los pezones de la muñeca italiana son como dos arrocitos rosados, como dos líneas paralelas tendidas a lo largo del pecho, como dos laguitos de agua estancada.

—Apronten los instrumentos —ordena Gastón—. Opero con Norberto y Oliverio, que son los más educados —termina.

Yo estoy temblando, porque nunca he operado todavía. Los demás primos, alrededor, observan, anhelantes, ansiosos, ávidos de que su turno llegue. A Diego que sin poder contenerse adelanta una mano para tocar una de esas dos lagunitas rosadas, Gastón le da un duro golpe en los dedos; Diego retira la mano, asustado, y se queda quieto.

Norberto está afilando el estilete; yo sujetaré las pinzas.

—Hay que hacer una buena incisión, rápida y efectiva —explica Gastón.

Ya todo está listo. Las manos enguantadas de mi primo se elevan por encima de los senos de la muñeca.

—Oliverio, las pinzas —me ordena.

Yo manipulo las pinzas con las dos manos. Por eso me ha elegido Gastón, que él sabe que de los ejercicios que hago en el piano, tengo la izquierda tan firme como la derecha. Ahora mismo, tengo en la mano derecha una de las pinzas, con la que sujeto el labio superior del pezón rosado, y con la mano izquierda, sostengo la parte inferior del pezón, que queda abierto, como una boca, como una encía, como una flor despetalada. Allí, con extraordinaria rapidez y decisión, clava el estilete

126

Gastón, superficialmente, cosa de no herir las glándulas profundas de las cuales toda leche mana.

—Norberto, el algodón —pide nuestro cirujano.

Yo continúo sosteniendo el pezón con las pinzas, una arriba, otra abajo, de modo que en el centro queda una abertura como un hilo, y Norberto comienza a rodear el seno con algodón. Con un rapidísimo movimiento, Gastón alarga la abertura del pezón de la muñeca, por el centro, prolongándolo hacia los costados.

—Así quedará mejor —dice.

Norberto restaña la sangre.

Yo hago un gran esfuerzo, para no soltar las pinzas, que se me cansan los brazos de tenerlos sin apoyo, en el aire, como muletas sin pie. Gastón prolonga el tajo hacia los costados todo lo que puede, para que el seno no quede disparejo o desproporcionado. Cuando ha terminado, retira el estilete.

—Suelta las pinzas —me ordena—, pero no de golpe, sino suavemente.

Yo suavemente suelto las pinzas, primero la de arriba, entonces el labio arrugado se estira con suavidad, lentamente recupera su posición natural, después suelto la pinza que sujetaba el segmento inferior del pezón, que avanza hacia el centro, y ambas mitades se unen en la luna rosada en la rosa umbilífera hacia el centro, como una brasa.

Los tres nos retiramos un poco hacia atrás, para adecuadamente contemplar nuestra obra. El pezón se ha agrandado, es verdad, hacia el centro del pecho y hacia los costados.

—Trae la pintura rosa —ordena a continuación nuestro cirujano jefe.

Allá va Sergio, que estaba mirando nuestra obra como hipnotizado, y aparece con el tarro de pintura.

—Que la pinte Diego, que no ha hecho nada hasta ahora —indica Gastón, que es muy equitativo.

Las manos temblorosas emocionadas de Diego pulsan, plañen, tañen el pincel por su extremo, mojan la cabeza emplumada en la suave y fresca pintura (es un pincel de punta muy fina que yo utilizo para hacer mis dibujos), y rellena de rosa el amplio redondel que nosotros hemos estirado.

Con el segundo seno hacemos lo mismo.

Alicia se ha dormido en un rincón, de tanto llorar. Gastón está cansado y transpira; se ha ensuciado un poco los guantes con la pintura y parece un maestro agotado.

Sin embargo, todos esperamos la otra parte, la fundamental de nuestra operación. La muñeca sigue acostada, los ojos cerrados, las piernas que son como las agujas de un compás bien abiertas sobre la tela blanca de la sábana. Así, con los senos rojos bañados de pintura, parece una bailarina muerta, dos flores caídas ensangrentadas.

La operación siguiente es más complicada. En ella, todos los primos intervendremos. Yo veo brillar los ojos de Diego, los ojos de Sergio, los de Norberto, veo brillar mis ojos, tantos codiciosos sobre la abertura abdominal ventral de la muñeca, muñequita pierniabierta, ojicerrados, senirrosada.

Todos los primos rodeamos la muñeca, y ella sigue con los ojos cerrados las largas pestañas cubriéndole los ojos el pelo verdadero cayéndole a los costados de la cara y allá abajo, en esa zona que no parece pertenecerle, que no parece ser de ella, los primos trabajamos elaboramos fertilizamos.

Sergio y Norberto le sostienen las piernas, bien abiertas y separadas. «A lo mejor hay que atarla, si se mueve mucho», ha dicho Gastón, y yo he ido a buscar unas cuerdas, por las dudas de que sean necesarias. Si hay que atarla, le anudaremos las piernas separadas y fijaremos las cuerdas al borde de la mesa. «Primero una inyección para dormirla» ordena nuestro cirujano, y rápidamente Diego le clava una aguja en la ingle. La aguja un clavo un alfiler. Al aproximarse a la mesa, Sergio ha golpeado la cabecera, y al moverse, el aparato del ombligo ha resonado. «Mamá, mamá.» Gastón mira la muñeca amenazadoramente. «Vamos a enmudecerla», dice, y le clava el bisturí en medio del abdomen, allí donde un redondel blanco indicaba que ella era sonora. Ha tenido algunas dificultades para extraer todo el mecanismo. Primero salieron unos resortes, engarzados en el extremo del bisturí, luego un poco de tela, después un redondel lleno de agujeros pequeños, que eran como los puntos de un tejido. «Esto la hacía hablar», explica Gastón, enarbolando en el extremo de su bisturí la pequeña máquina sonora. Despectivamente, la arroja al papelero. Ahora sí, todo está pronto.

Las piernas bien abiertas, sujetas por nuestros primos, Gastón introduce hábilmente el bisturí en el centro del triángulo donde ella termina (donde termina su cuerpo su figura su pasividad) y lo hunde con fuerza, entrándole por abajo. Cuando la punta del instrumento ha penetrado, con todo su peso, comienza un lento y trabajoso movimiento circular. Con todas sus fuerzas, apoyándose bien en los pies y haciendo pasar toda la energía a los brazos. Como quien traza un círculo, graba un redondel, dibuja una esfera con una rama sobre la playa en un día de arenas pálidas, Gastón va trazando un penoso círculo allí del vientre donde el ser termina. Le cuesta mover el bisturí que se ha hundido en el hueco en el vacío interior de la muñeca que le hace peso; le cuesta mover el bisturí y él lucha por seguir el movimiento, por trazar la esfera, arrancar el óvalo de cera que descubrirá su matriz. Yo le miro la frente, donde una enorme vena violácea le marca la mitad, le miro las sienes transpiradas donde le nace el pelo, le miro los ojos, azules y embriagados de brillo, le miro las manos, firmes, largas y duras, empecinadas en un movimiento circular que no termina nunca. A su lado, Sergio ha comenzado a jadear. No por el esfuerzo, sino por la emoción. Él es muy nervioso y, cuando se excita, el sudor le corre por las manos como la lluvia, como ríos de agua desbocadas. Podríamos beber de ellas como de una fuente inagotable, como de un manantial. Le transpiran tanto las manos que ahora ya no puede sujetar la pierna de la muñeca, porque los dedos se le resbalan, porque por su mano se desliza el muslo de nuestra paciente y Gastón le hace señas de que me deje el lugar a mí. A mí, que también estoy temblando. Sergio se repliega apenas, y sobre mi hombro, los ojos brillándole como hachas, forcejea interiormente ayudando a Gastón, como si el esfuerzo de su mente, de sus pulmones, de su cintura pudiera sumarse al de su primo, al nuestro. Sobre mi hombro bala, suspira, anhela, largándome su aliento, su baba, su lluvia, su temblor, su convulsión.

Gastón trabaja vigorosamente, sin alivio, sin descanso; cuando el bisturí abre un segmento más un arco más del círculo que va trazando, alza el brazo penosamente, con un tesón parecido a la fatiga. Alza el bisturí, levantándola. Con un punzón, le ha pedido a Norberto que la cave, que la socave, que la barrene, que deprima la parte de circunferencia que él va labrándole. Norberto toma el punzón y empuja. Empuja bravamente; como un toro que descarga su peso, él se concentra en el fondo del círculo y allí hace fuerza, impulsa, golpetea, arrasa, no desiste. La muñeca está fría, la he tocado, la he tocado yo, le he tocado las piernas y sé que está fría, sé que está muriéndose. El círculo que Gastón está dibujándole es como un antro: oscuro, profundo, negro y vacío. Ya le ha hecho medio agujero; ya le ha taladrado media circunferencia, e inclinado, apoyando las rodillas en el suelo, con inusitada furia, Norberto golpea, carga, hunde una y otra vez el punzón en la zona del vientre que se va aflojando. La cera cede lentamente, se resquebraja, como una pared, como un cuadro. Más abajo de la cera hay como un revestimiento de cartón. ¿Qué reviste? El vacío, el vacío, el agujero vacío de la muñeca de Alicia. El cartón es más fácil de resquebrajar. Norberto lo hunde con facilidad. Ahora Gastón emplea también un largo y grueso clavo. Lo coloca allí donde la abertura está iniciada y lo hace hendir, como cuando queremos abrir una lata. Lo sujeta de la cabeza y hace fuerza con el cuello. El clavo se entierra, rompe, raja, abrecha, destroza, descascara, criba, jironea, el clavo desgarra. A ratos, sin soltar el clavo ni el bisturí, baja los ojos y mira lo que hace. Mira lo que hacen sus manos, mira lo que hace su dedo, que se ha metido en el agujero semiabierto, y hurga dentro, el vacío, la oquedad, la espesura negra. Yo miro a mi primo Gastón y por un momento me parece un perro que escarba; un animal en cuatro patas desesperado por el hambre que revuelve entre los desperdicios, ensuciándose el hocico, la pelambre, el cuello, las extremidades. A veces se retira un poco, a contemplar su obra. Después, vuelve a meterse, a hundir el clavo, el bisturí, el estilete. Si los miro de lejos (desde la cabecera de la mesa, donde reposa el pelo castaño, verdadero, de la muñeca), él y Norberto me parecen un único monstruo de ocho patas que se mueven desacompasadamente, cada una haciendo su propio movimiento, cada una interesada en lo suyo, y el monstruo en lucha oscura, ladrando, fieramente silabeando, babeándose, balando. Ellos dos trabajan olvidados del mundo, gozosos de su tarea, como si estuvieran extrayendo oro, minerales, hermosos trofeos, valiosísimas vetas de una oscura caverna silenciosa y enriquecida.

Finalmente el hoyo ha quedado terminado. Norberto ha raspado hasta los últimos fragmentos residuos de material. El hueco no es perfecto, pero Gastón afirma que él no ha oído nunca que los verdaderos lo sean. Siempre tienen irregularidades, perforaciones mal hechas, sangrías y pequeñas incisiones que no conducen a nada. Yo miro a Alicia, que, con un dedo medio metido en la boca, continúa dormida. Gastón se seca la frente con una toalla y se quita los guantes. Todavía agachado, Norberto descansa. Sobre la mesa, debajo del vientre de la muñeca, han quedado pedazos muy chiquitos de cartón, trozos de cera y de plástico, mezclados con las piezas desengarzadas del resorte sonoro.

Diego mira todo con un azor asombrado. Él también quiere conocer el hueco la oquedad la magnífica cueva.

—¿Qué hay dentro? —pregunta.

Gastón está demasiado cansado para responder. Norberto jadea en un costado.

—¿Qué hay? —insiste Diego, aproximándose a la muñeca de piernas abiertas y estiradas, ahora con un hoyo abismal allí en el centro, en la parte inferior del vientre.

Como nadie le responde, con respeto y cierta solemnidad, con ceremonia, cuidado y esmero, se inclina hacia la profundidad y mira. Se queda mucho rato mirando el hueco, metiendo casi sus ojos hacia adentro, casi su cabeza. La profundidad le inspira respeto. El silencio del vientre hundido también. Imagina un pozo enorme, que no termina nunca, cuyo valiosísimo misterio es, precisamente, estar vacío, no contener nada. La hemos ahuecado para eso. Para comprobar su ausencia. Diego especula con el vacío y con el silencio. Desearía experimentar. Primero, tímidamente, se acerca y le toca el vientre, un poco más abajo del ombligo. La toca por arriba, superficialmente, porque lo que quiere conocer verdaderamente está más abajo, está allí donde Gastón y Norberto han trabajado. Debe de pensar que algo muy misterioso y oculto se halla allí encerrado. Después se anima un poco más y desciende una mano nerviosa hacia el nacimiento de las piernas. Se inclina y echa un ojo para adentro. Todo está oscuro. No ve nada.

—¿Qué tiene dentro? —vuelve a preguntar, mientras continúa mirando con sigilo.

Nadie le responde. Él sigue observando, inquisidor e interesado. Toca sus piernas separadas y acomoda un poco la sábana debajo de ella, devotamente. Después toma coraje, se arma de valor y violentamente, mirando hacia un costado, hunde tres dedos en su interior que hemos cavado. Los hunde y los frota, buscando la fruta, el don, la posesión, aquello que debería haber y no hay. Solamente encuentra el vacío. La instantaneidad oscura y hueca. Busca desesperadamente, hundiendo ahora toda su mano. Su mano que gira, se da vuelta, revive, masajea, raspa, arguye, frota, friega, estrecha, ansiosa y grávida. Tiene todos los dedos metidos dentro. Allí, escarba. Finalmente, aturdido, saca la mano y se vuelve hacia nosotros.

Todos los primos nos acercamos como en procesión hasta el altar donde la doncella muerta desflorada reposa. Cada uno de nosotros porta una ofrenda para su flor perdida, una ofrenda para su vacío inolvidable, una ofrenda para el hueco sombrío, para la profunda inanidad. Como celebrantes de un oficio sagrado, solemne, inaugural; como jóvenes iniciados al culto después de largas ceremonias; como cortejantes en una noche nupcial; como sacerdotes y místicos piadosos que asisten al rito puntuales y augustos, nos acercamos a la muñeca partida. Gastón, que ha recuperado su energía y su mando, nos ha dispuesto en fila, por orden de altura. Abre la marcha Norberto, que es el más alto. Se ha echado sobre el cuerpo una túnica blanca y lleva en la mano dos flores arrancadas del jardín. Sus pasos son augurales, lentos, solemnes. Se aproxima lleno de dignidad. Cuando llega al borde de la mesa, se inclina sobre la sábana blanca del desposorio y coloca las dos flores a los costados de la doncella muerta. Después, con la misma lentitud, introduce en el óvalo recién abierto, la llave de una puerta, un pedazo de tela, su lápiz de punta fina, y tapa el agujero con un trozo de algodón.

El próximo soy yo. Me acerco con sigilo, y mirando hacia atrás, porque no me gusta sentir pasos detrás mío. He recogido jazmines del patio, un lindo atado de jazmines, y se los coloco en la frente a la muñeca. Le arreglo un poco los rulos de pelo verdadero, que los tenía alborotados, le acaricio un poco las mejillas heladas y trato de recordar sus ojos. Después, descubro el hueco, allá en el vientre, el que Norberto recientemente taponara con algodón; suavemente lo retiro e introduzco en él, serenamente, con decisión y dulzura, una bolita transparente que refleja en su circunferencia todo objeto que se mire, una ramita de laurel blanco, fina y crepuscular, un poco de tabaco, del que mi madre conserva como recuerdo de mi padre y una moneda antigua, que encontré revisando los cajones del abuelo.

Gastón que es el tercero, ha complicado un poco las cosas. Ha traído un poco de agua tibia en un vaso «para que se parezca más al natural» y se la ha introducido por el agujero a la muñeca. Dentro de su vientre, todas las cosas se han de mojar. Se la ha echado de a poquito, con un cuentagotas. Primero una gotita, después la otra, y así todo el tiempo, hasta desagotar el vaso e inundarla. Norberto ha protestado un poco. «Se pudrirá», dice; yo me quedo contento, porque pienso en la semilla que le introduje, que con el agua a lo mejor germina y le nace una planta allí mismo donde sólo había vacío, donde sólo silencio oscuridad y yermo se encontraban. Pero Gastón ha hallado gran placer en mojarla por dentro. Sergio, que venía después, se acercó rápidamente a ella, como un ladrón, como si no fuera su turno, como si no le correspondiera visitarla, y mientras los demás lo mirábamos, la llenó de piedras. De duras piedras que trajo del fondo de la casa. Eran piedras más bien chicas, pero punteagudas y sólidas, de granito. Le metió tantas como pudo, hasta que Gastón le dio en las manos y le dijo que dejara lugar para los otros. El último en su turno era Diego. Diego se acercó con sigilo, desconfiado. Le tiene miedo a la noche, a la oscuridad y a estar solo. Por eso no estaba muy a gusto en ese momento.

—Si pudiera iluminarla mejor —dijo, y Gastón, para ayudarle, enfocó directamente la luz de la bujía que pendía del techo sobre el vientre de la muñeca, sobre el óvalo oscuro que ahora resonaba, no del «mamá mamá» del resorte, sino de las cosas que los primos le habíamos metido adentro. Gastón le aproximó la luz y Diego pudo mirar mejor, que es un poco asustadizo y le tiene miedo a la oscuridad, a las plumas y al color negro. Pero ahora, con la claridad de la bujía dándole precisamente en el centro, Diego auscultó serena, reposadamente la oquedad, después de lo cual sumergió en la hondura a su pescado favorito. Era un pescadito rojo, alargado y bonito, que él quería tanto, y le pareció lo mejor que le podía dar a la muñeca, así que lo sacó de la pecera donde lo tenía y lo mimaba, dándole de comer todos los días y cambiándole el agua

135

dos por tres, pasándose las horas contemplando sus giros, sus idas y venidas, sus silenciosos paseos, se lo metió en el bolsillo, y cuando estuvo seguro de la profundidad, de la cavidad, del pozo de la muñeca al cual todos nos habíamos aproximado con nuestras ofrendas, se lo introdujo rápidamente.

Después de lo cual, empastamos el óvalo de la muñeca con un engrudo que Sergio había fabricado, lo cerramos nuevamente (aunque ahora había perdido su color natural y se le notaban algunas estrías), y envolviéndola en la sábana sobre la cual había estado todo el tiempo, la metimos en una caja de cartón, para enterrarla en el patio, al costado de las losas y de las flores.

XI. Federico

El incesto

Lo bueno de mí, de nosotros, de ti, de mí, Aurelia, es que no hemos concebido la posibilidad de un futuro, no especulamos con él, no barajamos sus días, sus horas, sus minutos como los cuadrantes de una esfera perfecta con un hombrecillo en el centro, el cual sostiene con un palo enorme como un mástil el punto esencial, el único, del que parten simétricos los radiantes. Aurelia, no futuro para ti, para mí, Aurelia, nada más que presentes diminutos, a veces quebrados

              por el tallo la rosa amarilla en un vaso,

de ti
de mí

      (en verdad, Aurelia, te gustaría escribir cosas sencillas y hermosas

confiésalo, te gustaría la sencillez elemental de pocos objetos, un mundo claro y transparente, sin contradicciones, Aurelia,

te gustaría la paz, la felicidad

a inconsciencia la frivolidad de
unos versos como éstos:

El jarrón de Sèvres *y el* la
sostenido
entre el arco y el índice se posan.
La lluvia es más lejana y se recoge
al país de los plátanos de humo
vibrando en gotas largas
y crece vertical el árbol blanco del silencio habitado,
como una lluvia invertida a lo invisible).

Aurelia, confiésalo, pies preciosos que me como entre la hierba el crepúsculo de los televisores, tú intentas
apagar tu sed y la mía poniéndome programas en el
aparato que tú y yo despreciamos mientras nos sentimos adentro ardientes rabiosos delirantes y maleduca-
dos, y Aurelia, tú y yo haremos algo grande algo muy
grande, muy más que el amor que nos tenemos que me
permite devorarte silenciosamente entre los filodendros

mientras la señoral Peal

(discúlpame la pronunciación tan poco gringa)

exquisita y bien peinada

(no disimules su belleza diciendo que es un
poco alta)

destruye, no exenta de cierta gracia inglesa levemen-
te irónica el Mal y Las Monstruosidades de Este
Mundo Tan Evolucionado, claro está, si lo miramos
desde el siglo pasado.

Entre los pocos vasos de madera que nos quedan
(los hemos ido cargando de cosas servibles o in, de
modo que parecían botes llenos de náufragos y cuando

excedidos en el peso, se balanceaban peligrosamente en
los bordes de las mesas, Aurelia, los lanzamos uno por
uno al fondo del incinerador, donde se consumieron
junto con los desechos de los demás departamentos,
botones magullados, alfileres inservibles, agujas despun-
tadas, lápices quebrados como mástiles por el viento, un perro que había fallecido la semana pasada de
intoxicación, una flor de plástico que tu primer marido
te regalara para el pelo y mi último intento de poesía),

te devoro lentamente,
    te macero,
        como tus labios
            la piel que tienes entre los muslos
    me como tu sonrisa,
    riego tus labios
    lamo tus senos
tú me dejas hacer
    levemente me acaricias la cabeza,
    me la llevas hacia el centro de tu vientre,
    ubicas mi boca entre el nacimiento de tus piernas,
apenas te estremeces
    yo oigo tus corrientes por todos lados
    o quizá son las mías,
    más precisamente debe ser el niño que yo fui
                                            [que gime
    en este parto nuevo

sobre tu vientre colocas mi cabeza como una
                                            [paredera

yo siento el temblor
        el terror
        el crujir
        el gritar
        el aullar

139

el ansiar
el impulso
la violencia desencadenada
el frenesí
la compulsión de tus entrañas

y mientras te revuelves y me expulsas lentamente yo
desciendo mi cabeza vientre abajo, tu útero
yo desprendido
yo desprendimiento
yo resbalando por el despeñadero de tu
                                        [vientre
y el tiempo acantilado a tus costados.

«Tú me meces
                —me murmuras—
tú me disuelves
te deslizas
sales de mí como Jonás
    fluyes de mí desde, como un pez,
    tú me soliviantas,
    me elevas, me conmueves
    naces de mí, sales,
    te agitas, te mueves, te das vuelta

me tocas me acaricias
    vas dejando tu marca cálida en mis
                                    [vísceras
        muy lentamente te mueves entre
                                    [ellas
            cambias de lado
                modificas tu lugar

a veces giras tan fuerte que me mueves
y yo benignamente siento tu peso
            tu calor
            tu presión sobre mis órganos

los recorres uno a uno.
Como las cuentas de vidrio de un
[collar
que sorprende a un niño
las miras, las tocas, les das vuelta,
a veces me oprimes demasiado y gimo,
entonces, como un animalito
[arrepentido
lames las heridas,
me lames por adentro el dolor que me
[has causado
y cuando ya han pasado las nueve lunas
[de estar adentro mío

muy despacio
trabajosamente,
con esfuerzo,
concentrando todas mis fuerzas

Te separo de mí

Mis manos toman tu cabeza y la deslizan por mi
vientre hasta la frontera fruta roja del cuello de
mi útero

y tú sales resoplando
ahogado en el líquido placentero que fluyó de
[mis entrañas

Sales robusto y viril
maduro y niño
húmedo rojo ahogado boquiabierto
y resoplando entre los cabellos de mi vientre mi flor
todo lo que te he deseado.»

Aurelia, en realidad, algo muy grande se esperaba
de nosotros: algo revelador y portentoso, trastorna-
[dor, gigante, inusitado

141

fuimos elegidos para eso por el tiempo la declina-
ción de las especies cierta recurrencia de los fenómenos
atmosféricos y la corrupción la hipocresía de los viejos,

Aurelia, tú lo sabías aquella noche que era miércoles
de noche y como todas las tardes encendiste el televisor
mientras yo empezaba a comerte los pies entre las hierbas los libros de filosofía de poesía de política

mientras yo te comía los muslos
y el libro rojo de Mao parecía inofensivo al lado de
[la radio;

es verdad, no habíamos leído mucho,
apenas lo necesario o quizá bastante menos,
tú tenías un gran retrato de Guevara en la pared
[del cuarto
pero ni hablar de haber leído bien a Lenin,
para qué, no era necesario
con buena intención y un poco de amor al prójimo ya
[bastaba

y era un caso interesante descubrir casi juntos
que había tantos buenos poetas en Cuba
y tú nunca habías visto los números de la Casa
así que yo, que tenía algunos podía mostrártelos
era un caso bien interesante que tú para entretener el
[tiempo
cuando no había más remedio que esperar y disimular,
[que no hacer nada,
encendieras el televisor y me pusieras a
Mrs. Peal y aplaudieras sus pases de karate
mientras yo,
a lomos de tu piel te buscaba huellas
te abría caminos
hacía senderos
allanaba las casas de los ricos

labraba actas y sentencias
a golpes de pasión desfloraba todo el bosque que te
[había plantado.

Aurelia, en realidad, algo muy grande se esperaba de
nosotros, y tú lo sabías mejor que yo,
aquella noche de verano siempre de crisopeya,
acaso por pertenecer a la clase de los
[elementales
y yo ser de la especie de los vacilantes.

Aurelia espécimen.

Aureliak. Aureliak. Los pájaros pasaban por la playa, gritando,

Aureliak, Aureliak, Aureliak, Akk. Akk.

y tú y yo le teníamos un poco de miedo,
había tantas cosas que no sabíamos aún
tantas cosas sin leer todavía
que irían a perderse en los cajones en los estantes en los
armarios de luna que se usaban en nuestra casa tantas
cosas ocultas en los bargueños y en los cristaleros

Aureliak akk akk, gritaban chillaban retumbaban mar-
tillaban silbaban triscaban restallaban chasqueaban
solfeaban batían los pájaros, Aurelia, repitiendo tu
nombre en los pozos de la arena y en los pozos del
mar

los pájaros batiendo sus alas ahumadas sobre
[nosotros,
nosotros viéndolos venir con un poco de miedo,
había tantas cosas aún por aprender, buscar a
[Plejanov,
restituir a Sandino, y el tiempo era tan corto,

Aureliak k k k, bramaban, rugían, ululaban, voceaban,

143

baladraban, clamoreaban, otilaban, berreaban, himplaban, gruñían los pájaros *Aureliak akk akkk*

> Yo no sé en qué acuario
> en qué aguas tan ajenas a las mías te pasaste
> la vida nadando

mientras yo daba brazadas quebradas, saltos y tantas veces estuve a punto de zozobrar y de ahogarme, de sumirme y de encallar. En la playa, cuando te encontré

> (era de tarde y estaba a punto de llover)

me dijiste, mirándome a la cara

> «Ése es un perfil honesto. ¿Cuántas brazadas por minuto?» Mi confusa explicación no alcanzó, lo sé, a convencerte de mi endémica timidez al mar.

> «Mejor dígame cuánto corre.»

Aquí me sentía más seguro: casi te vencí en la segunda vuelta, cuando la arena se arremolinaba, las nubes se desgarraron y tu vieja malla, llena de agua, comenzó a deshilacharse. El agua se descolgaba del cielo al mar como yo me descolgué de tu cuello al suelo cuando decidiste amarme, y desde entonces para siempre ha sido el mismo descolgarme de tus hombros de tu cuello de tu frente de tu pelo de ti por tu columna a mí de tu vientre de tus piernas de tus muslos de tus rodillas de tus pies de tus labios de tus senos

> y aquel bautismo de agua

> —agua por el cielo, agua de mar a los costados, agua de ti y de mí a lo largo—

> me inició en el culto del instante como la fugaz presencia de la dicha que viene y va.

Tú lo sabías mejor que yo, desde el principio y con la misma serena resolución con que me amaste

(esa serenidad, Aurelia, que en vano he tratado, aplicadamente de igualarte)
aguardabas el momento oportuno de
[empezarlo,
entreteniéndote mientras tanto
con viejas revistas de máquinas y de autos
los recortes de los diarios
la lectura de libros de éxito hace veinte años
las nuevas arquitecturas espaciales
una memoria escrupulosa en el recuento de
[infamias e injusticias
un libro de Mao, un número del Corno y tres
[billetes de cien
que escrupulosamente falsificaste por las tardes
hasta la hora de esperar las seriales
donde tu impaciencia y tu afán de decidir
parecían encontrar una módica manera de trasladarse.

Aurelia, qué sabía yo de ti aquella tarde de verano
qué supe después
y la señora Peal continuaba desenmascarando monstruos
irónica y elegantemente
aplicando golpes de karate
tú y yo nos abrazábamos cada tarde cada vez
como si fuera el último día
a ti la demora te desmayaba
palidecías
y no era la palidez medieval no era la palidura
finisecular la que yo procuraba quitarte del rostro como
se desdibuja una mancha de pintura una línea equivocada un deslizamiento del color

no era la palidez cantada por los trovadores, te
aseguro, la que te impacientaba y yo me revolvía sin
saber qué hacer, si imitar a los poetas, si invitarte al

145

cine, si resignarme, porque grandes cosas se esperaban
de nosotros; cosas magníficas y soberbias, hazañas, monumentos, revoluciones, estremecimientos, tú lo sabías
mejor que yo, para eso habíamos abandonado los palacios, desertado de las residencias asoleadas, para eso
habíamos deshabitado los castillos las estancias los museos los pesebres donde dulces Marías nos acechaban
dispuestas a protegernos siempre y a someternos a un
orden inalterado; para eso habíamos sepultado a nuestros
abuelos debajo de una pila de anécdotas donde sus rostros sus convenciones sus dentaduras postizas sus intere-
ses económicos su poligamia sus haciendas y sus herencias
su moral burocrática sus empresas sus monedas sus enfermedades de la próstata sus vodeviles y sus balnearios
sus lumbagos y sus chicas de night club a las once, sus
fábricas sus comedores de la caridad sus médicos de la
familia sus cataratas sus «sáquense una foto, muchachos»,
sus comilonas sus fiestas de fin de año sus autos a manija
sus mujeres sabiamente clasificadas (la de zaguán la de
balcón la de sillón la de prostíbulo la de matrimonio la
madre de mis hijos la vecina la querida) sus negocios
lucrativos sus deportes su liberalismo librecambista, sus
venalidades quedaban a la luz

      viejas anécdotas con las que socavamos su pres-
                                      [tigio
y ellos palidecían,
      quemados por el vitriolo de nuestros cuentos
      tan parecidos a la vida real,
y ellos enfermaban de vejez de impotencia de escarnio
de conmoción de vergüenza,

          seguros de su caducidad,
          de ser borrados de las historias de los
                        [registros
          de las fechas de los cementerios de la
                        [evolución

porque habían sido hueros camanduleros
[falsarios
perniciosos, pasatistas, hipócritas, lujuriosos sin dulzura, sibaritas sin franqueza, ladrones sin honor, Caballe-
ros del Orden Constituido sin castidad ni devoción

y en sus lugares

en los lugares reservados para sus pasatiempos de fin de semana, en los lugares que ellos celosa-
mente conservaban para sus tesoros sus queridas sus
plantas industriales sus refugios antiaéreos sus ciudades
estratificadas sus catedrales con dos puertas (la de los
ricos y la de los pobres)
en los lugares que reservaban para sus criptas
sus monumentos sus títulos del tesoro, sus mujeres vír-
genes para el matrimonio, sus hijos legítimos, sus acciones de sociedades anónimas sus aspiradoras sus panteo-
nes familiares sus confiterías al borde de las playas,

en sus lugares de diversión y de ocio
de amor tarifado y de caridad porcentual,

nosotros íbamos a levantar nuestras ciudades,
limpias, claras, hermosas, unánimes,
nuestras ciudades de cristal donde todo pudiera verse,
desde la hormiga al mamut
el derecho universal a la belleza, a su uso, con-
templación y deleite; el derecho universal al trabajo, a
su alegría y beneficio;
el derecho de todo lo hermoso a expresarse y ser
expresado, jóvenes y ancianos, hombres y mujeres,
soldados, músicos, perforadores de asfalto, homosexua-
les, heterosexuales, hermafroditas, mariposas, jóvenes
barbudos y jóvenes imberbes, campesinos, panaderos,
lactantes, curas, señoritas, poetas, payasos de circo,

147

maestros, obreros, soñadores, y ceramistas, palomas, ortodoxos y estibadores.

Nuestras ciudades claras y abiertas, con el humo de sus fábricas de y para todos, sus ómnibus gratuitos, sus casas adecuadas, limpias, cómodas, tejidas para muchos niños
y nuestras mujeres tendrían muchos hijos
y si nuestras mujeres preferían ir a la luna
les montaríamos las bases necesarias
y habría expertos trabajando en laboratorios para llegar a confeccionar el embrión artificial, y cuando llegáramos a producir un hombre verdadero y vivo dentro de un tubo
nos alegraríamos mucho,
celebraríamos con tiros de fusil y bengalas,
el nacimiento del primer niño engendrado por una matriz de cristal, y habría la más amplia libertad de cultos
[amorosos,
se verían todas las formas de amores posibles:

los amores de los hombres por las mujeres
de las mujeres hacia otros hombres
de estos hombres por otros hombres
y de éstos hacia las mujeres amadas por mujeres
y el amor del soldado por una niña recién nacida
y de una niña por su gato
y el loco amor de un gato hacia un canario
del canario a una dama que le hacía compañía
y de esta dama hacia su lechero
que estaba enamorado de una rubia
que amaba a su joven marido, el cual, cada día,
amaba más entrañablemente a su compañero de
[infancia
que compartía su amor con la pasión ardiente que

le inspiraba una estatua de Astarté, sobre el musgo, en uno de los jardines públicos.

Naturalmente, Aurelia, a mí también me hubiera gustado nacer en un mundo tan perfecto y ordenado, tan justo y reluciente, tan cristalino

(«corrientes aguas»)

tan púdico y cándido, tan espléndido y sereno, tan elegante y agradable como para extender mis versos así:

> «El jarrón de Sèvres y el *la*
> sostenido
> entre el arco y el índice, se posan.»

convocar solamente objetos armoniosos, serenos, cuyas ocultas resonancias fluyeran
    apaciblemente
como deslizadas sobre una alfombra jalde

palabras dulces acordadas, antisépticas, y heroínas flexibles como zades que pudiéramos colocar entre hermosos decorados, perfectos escenarios de un mundo suave, sugestivo, insinuante, sedoso, sensual, zalamero, rosa, sahumado, así:

A Rosa de Alberti,
QUE TOCABA, PENSATIVA, EL ARPA

> «Rosa de Alberti allá en el rodapié
> del mirador del cielo se entreabría
> pulsadora del aire y prima mía
> al cuello un lazo blanco de moaré.»*

* Poema de Rafael Alberti.

A veces, cuando se aburre de esperar, o la impaciencia
        del aire (ese ventilador que he conseguido
        para ella y colocado en un ángulo de la habi-
        tación, cerca del pino que se seca en un bal-
        de, melancólico, entristece, y no nos anima-
        mos a retirar del cuarto, por amor, y que le
        agita el pelo, si se mueve)
                la estremece

                cuando está ahíta de gestos y ansio-
                sa y no ve la hora de salir a la calle
        de vengar a los muertos
        de matar y de morir
        de derrumbar y erigir
        de sacudir quebrar quemar cultivar instruir,
        inspirar,

Aurelia se entretiene en pasatiempos más humildes.

Cuando conseguimos algunos libros, los leemos juntos y
si tenemos tiempo, nos gusta jugar con los versos, quiero decir, cambiarlos de lugar, mezclarlos, reelaborar
poemas, volverlos a estructurar; así, hemos llegado a
veces a composiciones como ésta,

    El jarrón de Sèvres *y el herido*
    sostenido
    entre el fusil y la proclama
    la lluvia es más ligera y se recoge
    (ahora mismo, tal vez, lo estén sacando de su casa)
    al país de los plátanos de humo
    (a culatazos, a bofetadas)
    vibrando en gotas largas
    (los cascos verdes empapan en sangre
    la campiña, la fábrica, la escuela)
    y crece vertical el árbol blanco del silencio habitado

como una lluvia invertida a lo invisible
(Hoy un caballo volteó a un soldado. ¡Cómo gozamos
[todos!)

O:

El abanico lento de las ramas
(Muchas veces fumando un cigarrillo
he decidido la muerte de un hombre)
la altivez resonante de los eucaliptos
(un poeta que no leí ha caído mordiendo la madera)
el sol, el mar seguro azul lejano,
(caían desplomados como pájaros ilusos)
componen la palabra natural de la calma
(ah los dueños de la cólera del miedo y la venganza
La batalla es la misma. Primero está el combate.)
Una vez en su imperio circular de follaje,
todo conduce al alma, al centro de la calma
(el dolor crece en el mundo a cada rato,
crece a treinta minutos por segundo, paso a paso)
donde se escucha el mar,
el más profundo mar, el mar que anima
(velar violento: que todo, hermano, es uno)
seres de vida oscura y formas sin por qué
(«¡Vivan los compañeros! Pedro Rojas»)
Todo es el mismo viento que atraviesa el paisaje
(Alguien me está escuchando y no lo saben)
el corazón de la calma, donde late distinta
la onda que se alza del pasado.
(¿Iba a ser la Poesía
*una solitaria columna de rocío?)**

* Los versos que aparecen en bastardilla corresponden a
los siguientes poetas: Heberto Padilla, Ernesto Cardenal, Salvador
Puig, Vicente Huidobro, Juan Gelman, Sarandy Cabrera, César Va-
llejo, Gonzalo Rojas, Pablo Neruda y Manuel Scorza. Asimismo, se
han empleado dos poemas del escritor Jorge Arias, titulados *Música*
y *Palabra natural.*

XII

Lo que sucedió con las mujeres de mi casa, de cómo mi tío Andrés quiso domesticarlas, pero ellas le comieron una mano y el gato maulló toda la noche

Las mujeres cacarean por la casa, una detrás de otra, así, cuooc, cuoac, cuooc, cuoacc, y mi tío corre de un lado a otro, corre de la escalera donde ellas se han subido a la despensa que han invadido, las ahuyenta de los sillones pero ya están arriba de la cama, una moja la colcha con algo que le sale de la cola, otra, al volar, amenazadora, empuja el reloj de la mesa que cae, todos los tornillos, las máquinas, las pequeñas rueditas y los resortes quedan esparcidos por el suelo, ellas en seguida se ponen a picotear, picotean todo el día; cuando encuentran así, la comida por el suelo, todas se reúnen alrededor de la víctima, en este caso el reloj de porcelana con algunas flores rojas y azules pintadas debajo de la esfera y de los números de laquita, y se comen las manecillas, el minutero, el tornillo despertador, un precioso V romano, el sombrerito de aluminio y las patitas de bronce que lo sostenían. Mi tío no da abasto. «Estas gallinas comen todo el día», dice, desesperado, mientras se mueve de un lado a otro procurándoles comida; ellas no le dan un minuto de tregua, moviéndose de aquí para allá; él debe tenerles ocupado el pico todo el día para que no destrocen más la casa; si tienen hambre, pueden comerse las cortinas, las teclas del piano, los marcos de los cuadros, las patas de los muebles, ya se ha visto que se comen los relojes, las sábanas y los bordados. Cuando no da más, mi tío Andrés las espanta con la escoba, pero ellas no le hacen mucho caso; se trepan a los sillones, se sientan en los asientos de cuero, muy orondas, y allí defecan, conversan, chillan, cacarean, picotean, se rascan, abren sus alas, meten los picos amarillos y callosos en los agujeros que le quedan entre las alas y se buscan los piojos; a veces se pelean entre ellas, entonces arman un gran alboroto, saltando unas sobre otras, los picos en alto, las alas abiertas, desplegadas como colchas; cuando consiguen subirse a un mueble, desde allí gritan, alzando mucho la voz, como cuando mi tía Eugenia cantó una canasta pura, e Ifigenia se enojó mucho, porque justamente ella tenía en la mano un joker y un as, el joker era muy bonito, la figura de un arlequín que cantaba acompañado de una cítara, y había una luna detrás, una luna detrás del arlequín, que tenía cascabeles en la cabeza y uno de los escarpines era rojo, el otro negro; en cambio el as no tocaba la cítara ni tenía bonete; no era un arlequín de mangas azules y chaqueta capitoneada, sino un señor as con un sombrero de trébol y una corbata ancha de trébol negro con dos letras, así, A, en las puntas. Ifigenia se enojó porque a ella no le gustaba perder en el juego de las cartas; como largó las suyas por el aire, cuando Eugenia cantó canasta de seis pura, yo me incliné para recoger una, y le miré la parte de atrás, que siempre me gusta verle a las cosas; todo el mundo mira las partes delanteras, como si ésas sólo fueran las lindas; yo le miré la parte de atrás a un cinco de corazones que Ifigenia tenía en la mano y lanzó al aire, cacareando, y vi el dibujo de atrás; del otro lado de los cinco corazones dispuestos simétricamente había una graciosa danza en un jardín, enmarcada por un filete dorado que le hacía aire, espacio, lugar; el filete dorado cerraba el baile, por encima de un árbol muy verde, muy manso, que caía sus ramas indolentes, lánguidas, sobre los bailarines; también acá había una luna, pero no era una luna amarilla como la del joker, sino una luna plateada, que asomaba detrás de la torre de un castillo; y en el jardín los bailarines danzaban, alrededor de una fuente que tenía un ángel en el centro que tocaba el caramillo; yo no sabía qué era un caramillo, pero mientras mi tío Andrés perseguía a tía Clota, que había atravesado presurosa el comedor, corriendo sobre sus dos patas amarillas que dejaban marcas triangulares en el parquet encerado (Andrés perseguía a tía Clotilde que corría llevándose en el pico un grueso billete de banco que había robado de la mesa de luz, seguramente creyendo que era comestible) yo alcé la baraja que había recogido del suelo y me puse a correr detrás de mi tío Andrés que corría detrás de mi tía Clota que llevaba un billete en el pico, y le dije a mi tío: «Detrás de la carta hay un baile en el jardín y una fuente con un ángel que toca la flauta», mi tío, al par que corría me tomó la baraja, la miró, en tanto seguía corriendo, me dijo: «No es una flauta común, sobrino, es un caramillo», y yo para siempre supe que los ángeles tocaban el caramillo, los arlequines la cítara y mi tía Clota había picoteado el billete exactamente allí de la numeración, de modo que cuando mi tío Andrés le dio alcance (Clota ya estaba a punto de saltar por la ventana) y la sujetó bajo su brazo, ella, furiosa, le picoteó las manos, él miró el billete, el agujero que ella le había abierto, como quemaduras de cigarrillo, le reconvino: «Te he dicho, Clota, varias veces, que no robes el dinero de la mesa; hoy te he dado tres veces grano, dos cuotas de ración, de

modo que no puedes tener hambre; la próxima vez que
me robes el dinero te retorceré un ala, de modo que ya
no puedas más volar ni andar por los techos, en las
noches de luna, despertando a los vecinos», pero con el
alboroto que Clota armaba cacareando, cuooc, cuoac,
cuooc, cuoacc, todas las demás tías aparecieron corriendo por el comedor, atraídas por el chillido de la que mi
tío tenía apresada entre las manos, y hasta nosotros se
vino Heráclita, hecha una fiera, que es batararaza, cloqueando a los gritos, reclamando que soltaran a su hermana; tía Heráclita daba grandes saltos por el comedor,
y sus alas hacían ruido de banderas, de ropa tendida
que el viento sacude, y cuando sus alas revoloteaban,
algunas plumas, las más chiquitas, quedaban flotando
en el aire, se iban a depositar junto a los muebles,
encima de la repisa y de los sillones, y mi tío Andrés
le gritó, él también: «Vete a tu gallinero, loca, tú eres la
peor de todas, tú las excitas y las pones contra mí», y
tía Heráclita estaba tan enojada que batía furiosa sus
enormes alas, de modo que toda la pechuga le quedaba
al aire, y su cresta estaba encendida como un incendio,
como el pañuelo rojo que una muchacha llevaba en la
cabeza una tarde de fiesta, y sus patas arrugadas y amarillas, duras como mástiles saltaban de una baldosa a
otra; saltaba, todo su peso se depositaba sobre sus patas terminadas en uñas encorvadas y encallecidas y a mí
me dio un miedo que yo también me puse a correr
alrededor del comedor. «Quédate quieto, no armes más
escándalo», me gritó mi tío Andrés, pero yo no podía
parar ni detenerme del miedo que le tenía a mi tía
Heráclita, la mayor de todas las gallinas, que son nueve,
y mi tío no da abasto para mantenerlas, que ellas no
hacen nada, más que picotear todo el día, y él solo para
alimentarlas a todas, y ellas que no se sacian nunca
nunca se sacian todo el día comiendo y exigiendo más y

más. Y en una de las vueltas, porque estaba tan asustado que ni veía, justo fui a pasar debajo del ala de mi tía Heráclita, que aunque estaba discutiendo con mi tío Andrés tuvo tiempo para volverse, inclinar un poco hacia abajo la cerviz y darme un buen picotazo cerca del ojo, bien cerquita del ojo que tengo celeste, y me hundió de tal manera el pico que en seguidita la sangre me empezó a manar, a salir, a correr, como corría Clota perseguida por Andrés, y del ardor que me vino me puse a llorar a los gritos, entonces mi tío soltó violentamente a tía Clota, que aún la tenía bajo el brazo derecho, apretándole un ala (la tía Clota cloqueaba largo y bajito, atrapada, así, cluooac, cluooac, lastimosamente) y enfrentándose a Heráclita le gritó: «Tú eres una irresponsable y una rencorosa, eres malvada, fíjate cómo has lastimado al niño», pero ella déle cloquear y cloquear, saltó encima de su cabeza y comenzó a picotearle a través del pelo teñido de rubio de mi tío; entonces Clota fue a buscar a las demás tías que vinieron en bandada, apresuradas por el corredor, mezclándose en una anubarrada confusión de plumas y de gritos, y todas juntas se reunieron en el comedor, alrededor de mi pobre tío que trataba de desprenderse a Heráclita de la cabeza, y yo del susto que tenía estaba refugiado detrás de un sillón, y las vi bien, vi bien cuando llegaron, golpearon la puerta para derribarla y se le abalanzaron, unas a los ojos, otras al pecho, otras a la cintura, las más viejas, que no podían saltar tanto, a los pies, «Castíguenlo, castíguenlo», gritaba Heráclita desde la cabeza de mi tío, picoteándole a través de los pelos, mi tío que no podía desembarazarse de ellas aunque corriera, aunque echara brazadas a uno y otro lado del mar, como un náufrago, medio ciego de la confusión de plumas que había cerca de su cara, entre sus ojos, y yo no sé qué vería, pobre, porque a tía Jacinta se le había dado por apoyarse en su nariz y ella tiene las plumas azules, que son las que más miedo me dan, y como encima de su nariz no mantenía mucho el equilibrio, la estabilidad, dos por tres abría enteramente sus alas, como abanicos negros, añiles, y el polvillo de anciana que se le salía de entre las alas iba a metérsele justo dentro de los ojos a mi tío, y con la confusión, sin querer, tía Ernestina le tiró un picotazo a su propia hermana Lucrecia, que venía corriendo a contarles a las demás que había hallado la bolsa de ración que mi tío tenía escondida detrás del incinerador, así que mi tía Lucrecia se creyó en el deber de contestarle, por eso se le subió un poco encima, como haría un gallo, pero con otros fines, se le subió un poco por encima del grueso cuerpo de plumas color melón de mi tía Ernestina, que como está tan gorda es muy poco ágil, y ya encima de ella le dio unos fuertes picotones en la cresta; tía Ernestina los aceptó porque, con el apresuramiento, la había picoteado primero. Entonces, cuando tía Lucrecia difundió la noticia de que había hallado la bolsa de maíz, por fin todas se decidieron a dejar en paz a mi pobre tío Andrés, fueron desescalándolo, lentamente, como si bajaran de uno de esos palos colgados de la pared de los cuales duermen trepadas, lo abandonaron sin muchas ganas, dominadas por el deseo de comer, no sin antes darle un último picotazo de despedida. «Son unas rebeldes», comentó mi tío, cuando estuvo al fin libre de ellas, pero todo sucio y lleno de sangre; tenía pequeñas heridas por todo el cuerpo, huellas ensangrentadas por la cara y los brazos y las piernas, y todas sus ropas estaban desgarradas. «Terminarán por comerme a mí también», dijo sin darse cuenta aún de cómo había sido que ellas lo habían abandonado.

La melancolía de mi tío Andrés me ponía muy triste; yo le tenía cariño, pero no sabía cómo ayudarlo, porque también era cierto mi profundo temor a las gallinas; si estábamos solos, él y yo, todo marchaba bien, pero en cuanto una de ellas conseguía escaparse del corral (y en esto tenían una gran habilidad) yo ya corría a refugiarme detrás de los sillones, porque no las podía ver sin echarme a temblar y a transpirar; mi tío, en cambio, estaba resignado a ellas. «Es mi deber, el destino que me ha tocado: vivir con ellas, mantenerlas, buscarles comida, atender sus enfermedades, reconciliarlas si es que han reñido. Un día terminarán por comerme a mí también, pero no podré evitarlo —decía, con resignación—. Aprende de mí, sobrino: si no consigues domesticarlas, poco a poco te irán consumiendo la vida.» Yo no podía aprender mucho, por el miedo que les tenía. Frecuentemente me cruzaba con alguna de ellas, al andar por la casa, pero me hacía el distraído o me escondía detrás de algún mueble, ni pensar en enfrentarlas. Solamente intervine el día que, cuando no hallaron nada más para comer (mi tío Andrés estaba enfermo y no había podido salir a buscarles comida y ellas ya se habían devorado los floreros, las cerámicas, los platos esmaltados, el forro de los muebles, picoteado todas las plantas, consumido los manteles), se fueron en grupo hasta su cama (él yacía acostado, quejándose de la espalda), le entraron por las sábanas y le comieron una mano. Cuando vi que entre todas ellas se disputaban los dedos de la mano izquierda de mi tío Andrés, yo, que estaba escondido detrás del armario, les largué un montón de maíz que tenía en los bolsillos, reservado para alguna ocasión; entonces ellas abandonaron la mano ya comida de mi tío Andrés, se volcaron sobre los granos de maíz y saciaron su hambre.

XIII. Oliverio

Federico

Uno crece siempre sin saber para dónde

J. GUIMARÃES ROSA

Ya no podré más jugar con mi primo Federico porque él se ha ido a las guerrillas. Se partió de noche, y nadie lo vio, y la luna estaba crecida, y todo el mundo estuvo buscándolo por la casa, por las azaleas, las azoteas, el jardín y el invernadero (a él le gustaban mucho las plantas), pero nada de hallarlo, y le preguntaron al jardinero si lo había visto y a la mucama que estaba muy asustada, pero nadie lo había visto, y le preguntamos al chófer si acaso Federico había utilizado alguno de los autos, pero el chófer que durmió toda la noche dijo que nadie lo llamó para sacar un coche y que si el señor Federico hubiera utilizado uno de los autos, él hubiera notado en seguida su falta, de manera que Federico se ha ido a pie, y no en auto, como supusimos. Si Federico de veras se fue a las guerrillas la casa se quedará muy triste porque él era quien mejor jugaba conmigo, inventándome juegos cada vez, hamacándome en la mecedora blanca y enseñándome los colores de las letras, para que yo pudiera componer con ellas cuadros y poemas enteros. Y si falta Federico, que era el primo mayor, yo no sé qué pasará con el invernadero, pues él era quien se encargaba de cuidarlo, preocupándose de que las plantas estuvieran siempre protegidas del frío y los parterres sin hierbajos, y me enseñó a reconocer el Ombligo de Venus que yo me reí porque en el patio teníamos una estatua del mismo nombre, pero resulta que ahora no se trataba de un ombligo de piedra caliza de mármol jaspe o de alabastro, sino de una planta, y también me enseñó a conocer los eléboros, que hay dos, el blanco y el negro, y éste mejor no olerle la raíz, porque tiene un olor muy feo, pero según me contó mi primo Federico, sirve mucho para los enfermos.

«*Federico ha desaparecido*», «*Federico ha desaparecido*», gritaba el loro por toda la casa, hasta que la tía Ernestina le lanzó un zapato que le dio en el pico, y él, muy enojado, se acurrucó debajo de una silla, desde la cual comenzó a burlarse de tía Ernestina tosiendo un poco como ella, así, toj, toj, toj. La única que no lo buscaba era Alejandra, y todos estábamos seguros de que ella sabía dónde estaba Federico, pero por hacerlos rabiar, no les decía nada y se paseaba por los corredores mirando un libro de pintura muy bonito donde se han visto cosas hermosas, objetos muy raros de líneas y colores modernos. Yo no sé dónde se ha ido Federico, pero estaba apenado cuando amaneció y me di cuenta que se había ido sin mí, sin llevarme con él, dejándome en la casa llena de pájaros y de gallinas y de las tías que están cada vez más iguales a los pájaros y por las noches me dan miedo. Y sé que por más que los otros se empeñen en disimular, en hacer como que Federico se ha ido de viaje, al interior, o que está muerto, y nadie quiera ni pronunciar su nombre, ya por la casa no habrá más aquel olor que hubo mientras él estaba. No habrá más aquel olor que hubo.

La casa olía diferente cuando él vivía con nosotros y no se había ido a las guerrillas, como dicen los diarios, que lo han visto en la montaña, después que se había atravesado como dos o tres ríos a nado y andado a pie una distancia como de medio mundo. Porque a mí me gustaba asomarme al vano de su ventana y mirarlo escribir a máquina, apoyar los dedos salpicadamente en una u otra letra, como si estuviera tocando el piano, oprimir suavemente aquellas teclas y que las hojas salieran del labio superior de la máquina llenas de patillas y virgulillas como patas de moscas; entonces, apoyado en la balaustrada, olía aquel olor tan particular que salía de su cuarto, el de sus muebles, el de su dormitorio, el de sus hojas de papel, el de sus maderas, el de los cajones, las vánovas y la colección de mariposas recuadradas en la pared, que olían un poco a rancio y a tíos viejos.

A veces él me dejaba entrar al cuarto y revisar sus cuadernos, su memorial, un libro que iba escribiendo con los sucesos de todos los días. «Cuando a mí se me acabe, lo seguirás tú», me decía Federico, pero yo no entendía bien qué era lo que él quería que hiciera yo. «Por ahora no es necesario que comprendas —me contestaba—. Quédate con las tías y los perros; ya llegará el momento y tú sabrás en seguida qué hacer.» Pero en su cuarto las alhucemas y las fucsias olían muy bien, y yo pronto me olvidaba del libro que él estaba escribiendo y me ponía a oler las cosas de su cuarto, aunque él me dijera que eso no era un libro, sino otra cosa. El olor de los vasos de bejuco y de los helechos. Yo no sé si él escribía algo o no, a lo mejor eran nada más que anotaciones de cosas, datos, por ejemplo, que había que apuntar para no ser olvidados. «Este papel —me decía a veces, señalándome un pedazo de hoja escrito con

163

símbolos que yo no conocía— me ayudará mucho. Pase lo que pase, todo está escrito en él.» ¿Qué era lo que había que recordar, lo que necesariamente había que llevarse a los días futuros? A los días venideros, imprecisos como nubes que se dilatan, como contornos de países que no hemos visitado nunca. «Cuando consiga recordar, ganaré la calma.»

Todo amaneció callado la mañana que él se hubo ido, sin decir nada a nadie, dejándonos en un silencio duro de monasterio. Sólo sabíamos que él estaba remoto, ido de nosotros, en lancísimo viaje. La casa, sin él, era una viuda llorosa. «Tienes que recordar —me acuciaba tío Alejandro, furioso—. Algo debe haberte dicho a ti, a ti, a ti.» Muy débil era la línea del recuerdo, si había estado o no alguna vez, y ahora que me apuraban para que contara, para que recordara cosas que no había visto ni oído, tenue, tenue se volvía el hilo de la memoria y de los ojos. Yo podía hablarles de los olores de su cuarto, especialmente del olor a nuez del respaldo de su cama, o del olor a limón de la colcha blanca que siempre ponía a los pies, pero «Algo debe haberte dicho alguna vez. Recuerda. Dilo. ¿Dónde está su libro?» Yo no sé si Federico alguna vez escribió un libro. Quizá sí. Quizá no. Eso no tenía importancia. «No importa escribir o no, eso es lo de menos —decía Federico—. Lo importante es lo otro, y tú te darás cuenta con la edad.» Tenue, tenue la edad me comía cada día un día más y yo iría creciendo con la edad, hasta saber aquello que se guardaba para mí quién sabe dónde. ¿Alguien vino a buscarlo? ¿Lo había buscado alguien? ¿Alguien vino por Federico? Y el loro chillando: «Federico ha desaparecido», y las gallinas cloqueando y los perros aullando las palomas gimiendo las tías croando los tilos tiando abuela Clara quiquiriquí Alejandro graznando alrededor del cuarto de Federico hasta que vino la investigación, Alejandra riéndose de los inspectores que preguntaban y Alejandra les contestaba cualquier cosa, ella estaba contenta, a lo mejor él le había dejado la carta que no me dejara a mí, la casa ya no olerá como antes porque Federico se ha ido, ¿adónde se ha ido Federico? La noche de luna clara, las araucarias inmóviles, él se habría ido por el camino de estatuas la noche de luna llena las sombras sobre el suelo de lacas y los canteros silenciosos mientras él remontaba el río, el río, sus corrientes sus afluentes a nado, a nado de las aguas, ¿Alguien había venido a buscar a Federico? «Esta gente no sirve para nada», decía la abuela Clara, sacudiendo los diarios que no nos traían noticias de Federico. Federico el ido, el ausente, el exonerado, el escapado, el sobreviviente, el ángel. ¿Federico durmió en casa esa noche? La noche. La bellanoche. ¿Buenalanoche? Federico el bienaventurado. «Estamos todos locos», gritaba Andrés, comiéndose la madera de los muebles, de la rabia que le había dado. Yo era un árbol. «Eres como la simiente. Se planta aquí, se planta allá, no se sabe bien dónde se planta, pero un arbolillo nace, aprieta la tierra que germina y las ramas se inclinan con el sol saludando el agua que pasa», esto me había dicho Federico. Yo no entendía bien las cosas que él me decía, pero de corazón estaba con ellas. Esto no lo podían comprender bien los demás. Que yo estaba de corazón con las cosas confusas, sinuosas que él me decía, si tocaba la guitarra, asiéndola suavemente por el mástil, pulsándole las cuerdas. «Él sabe. Él debe saberlo», gritaba Ernestina, histérica, señalándome con su dedo finito y negro como un larguísimo lápiz en punta. Si Federico se fue yo estoy amodorrado y como dormido, tristesombrío, nublado como si todo el sol se hubiera ido, sobrellevado por Federico, que se fue de la casa para las guerrillas. El señor de la policía también me interrogó, pero yo no quería decirle nada, yo no sabía nada, ¿adónde estaba Federico? Y tía Lucrecia, que es muy dada a Dios, repasaba una a una las medallitas, las pasaba por los dedos de sus manos, sí, una dos tres, cuatro cinco seis, y cuando llegaba a nueve volvía para atrás, y sus labios se movían continuamente, tía Lucrecia oraba y repasaba las medallitas, pidiéndole a Dios no sé qué, pero estaba muy entregada a su tarea, rezaba con ardor, los ojitos le brillaban, a veces decía mirándome, «que no le pase a él, que no le pase a él», yo no sé qué era lo que no debía pasarme a mí mientras ella rezaba velozmente vorazmente, y yo pensé en un momento que tenía tanta hambre de que aquello no me pasara que se iría a comer aquellas cuentas de vidrio redonditas de su rosario, salpicadas de eslaboncitos de metal, que yo quise arrancar uno, uno solo para ver cómo eran esas cadenitas y tía Lucrecia me dio en los dedos, me golpeó la mano, dijo: «Este chico seguirá sus pasos. Dios mío, haz que eso no suceda Nunca.» ¿Federico se ha ido a las guerrillas? Yo quería preguntar si eso era muy lejos, pero no me animaba a quién, mientras tío Alejandro daba órdenes y más órdenes: «Revisen bien los dormitorios y debajo de las camas y tú Óscar ve a los sótanos y no olviden la despensa y el brocal, a lo mejor ese infeliz se largó al pozo.» A mí no me gustaba nada que buscaran a Federico en el fondo del aljibe. La única que no lo buscaba era Alejandra, que se paseaba en bata de dormir por los patios, mirando libros de pintura. A ella le gusta mucho la pintura, siempre discutían sobre eso con Federico, que él le decía que eso de que le gustara tanto la pintura está bien, pero había otras cosas en qué pensar primero, y que no era posible pasarse la vida mirando las cosas hermosas que veían unos pocos, porque eso que ella veía había tantos que no podían mirarlo, y que eso no era justo. Mirar los libros de pintura es lo que ella hace la mayor parte del día, cuando no está dando exámenes en el instituto, que ahora no quiere dar más, y se pasa el día vagando por los corredores, llena de libros con fotografías de cuadros.

Así que desagotaron el aljibe y el estanque, donde se pueden pescar algunos peces pequeños, sólo que a mí no me gusta, pero a los demás primos sí, y así fue cómo atraparon a aquel tan bonito, colorado, que tenía el vientre redondo rayado, y el ojo manso, ojiquieto, siemprefijo, y parecía deslizarse por el agua como un bailarín; aunque desaguaron el estanque y el aljibe no hallaron a Federico, que a esa hora debía estar muy lejos de nosotros, menosmal, aunque Alejandro gritara y diera órdenes y pronto llegara un señor general encargado de algo, no me acuerdo de qué, y fue recibido por la abuela Clara que se puso a recordar, con esa memoria que tiene larga como un hilo que viniera desde la antigüedad recorriendo calles y lugares, la abuela Clara le miró las borlas del uniforme todos aquellos cordones con flecos que llevaba en la chaqueta y le dijo Usted es tal y tal, y su padre era cual y cual, y su madre fue compañera mía en la Sociedad de Amigos de los Necesitados, donde bordábamos y tejíamos colchas, hace de esto que le cuento muchos años, porque todavía estaban los castaños en el patio y los ciruelos no se habían secado, y después lo hizo sentarse en el sofá de cuero y le sirvió una copita de marrasquino, mientras el tío Alejandro entraba a la sala, y muy confidencialmente, le comenzaba a hablar. «Usted comprenderá» «estamos tan apenados» «si fuera posible» «el prestigio» «imprevisible» «algo se hará»

algo se hará algo se hará algo se hará

Al otro día, los diarios publicaron una gran fotografía de Federico bajo un cartel que decía su nombre, su edad, sus características físicas, y trataban de imaginar su itinerario: si había atravesado este río o no, si iría al norte o al sur, si se uniría a tal o cual grupo. A mí la fotografía no me gustó porque parecía más triste de lo que era. Le retocaron los ojos, que él siempre los tenía alegres, le acentuaron una pequeña arruga cerca del labio, que lo volvía un poco grave, y los cabellos los tenía revueltos, en la fotografía que apareció en todos los diarios, bajo grandes carteles, y esto enfureció a los tíos y a las tías. «¿Qué han hecho tus amigos de los diarios?», gritaba tía Celina, dirigiéndose a Tolomeo, que había prometido hablar con los de la prensa, para que la noticia se mantuviera oculta. Un hombre vino a disculparse, parece que era del ejército, y tío Andrés lo tuvo más de media hora encerrado en el living, convidándolo con cigarrillos y hablando en voz muy bajita con él. Después subieron hasta el cuarto que era de Federico y estuvieron revisándolo todo, hasta su colección de mariposas («Cómo ha podido sucedernos esto», lloraba mi prima Yolanda, que siempre ha sido la más boba de todas las primas y cualquier cosa le da por llorar), y yo me puse furioso, porque no me gusta que le anden revolviendo las cosas a Federico, que si se fue no tienen por qué andar con sus cosas, tocándole los libros y los cuadernos y las colecciones de cosas y levantando los zócalos y desarmándole los muebles a ver qué tenía escondido, y me enojé tanto que me subí a la mesa del living y empecé a tirar al suelo todo lo que encontraba y tiré al suelo el florero de ópalo la tetera china el vaso de loza, la jarra de porcelana el bock de barro cocido al alhajero de cuarzo hialino el camafeo de ónix el cenicero de coralina recuerdo de mi tío el marino la fuente de Bavaria y las uvas vidriadas que fueron cayendo una a una al suelo, rodando debajo de las mesas. Y me enojé tanto que nadie podía conmigo mientras yo tiraba todo al suelo, empezando por las cosas que estaban encima de la mesa, de la furia que tenía de la ausencia de Federico que se había ido sin llevarme y ahora lo revisaban todo y estoy seguro que hasta terminarían por destruirle las plantas el invernáculo todo lo que él había cuidado tanto. Y siguiendo por los relojes; los relojes que colgaban de la pared, que eran de la colección de Ludovico y estaban todos ordenados por su tamaño, de mayor a menor, y yo los tomé del cabo y los tiré al suelo, empezando por la clepsidra que paso a paso deja caer su agua su tiempo sin detenerse nunca y los tiré todos al suelo; sonaron y rodaron las áncoras palpitantes como corazones desarraigados los péndulos dorados en frenético torbellino las espirales los caracoles las ruedas de Santa Catalina y la leontina de plata de tío Rafael, todo rodó por el suelo y las manecillas y los segunderos y el volante y las esferas de cristal y las tapas de oro porque yo estaba furioso y arranqué las cosas de las paredes que colgaban lustrosas y ordenadas, en fila, como soldados en el campo de batalla. Y los diarios sacaban la fotografía de Federico toda deformada porque, según decían, él mismo se había arreglado la cara para que no lo reconocieran, y todos los diarios hacían gran escándalo, porque era de nuestra familia el huido, el desaparecido y se había ido para un lugar que ellos llaman las guerrillas, que yo no sé bien dónde queda, pero seguramente es un lugar que a ellos no les gusta, mejor, porque yo estoy seguro que allí donde haya ido él podrá hacer mejor eso que él estaba haciendo o quería hacer, y es el segundo que se va de la casa, pero él no se ha ido como mi primo Javier que se fue a ganar dinero a un laboratorio en el extranjero, sino que se ha ido a unas guerrillas que andan por ahí, no sé dónde. Si Federico se fue, la casa quedará muy grande, vacía, aunque esté llena de muebles, de tijeras, arañas, cristales, espejos, sillones, colchas, roperos, vitrinas, candelabros y consolas. Y ya no se le verá más entre las plantas del invernadero, cuidándolas amorosamente y mimándolas, porque se ha ido a las guerrillas y es seguro que no vuelva. ¿A qué habría de volver? ¿A mirar la colección de viejas fotografías de tía Celina, donde se guarda memoria de todos los parientes, aun de los muertos, y ella las recorre las recuerda rodeándolas amorosamente con la yema de los dedos cada tarde, las pasea por sus ojos por su falda limándoles el borde, cuidando que no se arruguen, y me dice, llamándome a su lado: «Ves, ésta es la pobre Margarita, que murió de tisis siendo tan joven, en Paz Descanse, alma santa, y aquí está en el bote que remaba Julián, mírala, toda vestida de blanco, y mírale el sombrero también blanco (yo le veo una gran paloma blanca echada en su cabeza), adornado con cintas que caían sobre el cuello; era hermosa Margarita, quién iba a decirnos que se nos iría tan pronto (¿Adónde se ha ido Margarita? "A la quinta de los cipreses, a la quinta de los cipreses", grita mi madre), la pobre era tan delicada, siempre diciendo: "Con permiso" y "La voy a molestar", e hizo muy bien tu tío Julián casándose con ella, todos los de la casa se lo dijimos, le dijimos: "Haces muy bien casándote con ella porque es una buena muchacha que te hará dichoso", y ella fue la que tejió tu primer buzo de punto, que todas queríamos ser las primeras, pero ella era tan dulce, y además estaba aquello de ser infértil, así que la dejamos a ella que fuera quien te tejiera tu primer buzo de punto, celeste clarito, me acuerdo como si fuera hoy, te quedaba un poco grande de puños, pero eso no era mucho problema porque bien se sabía que crecería, y la ropa que sirve para hoy no sirve para mañana, me acuerdo bien que esta foto la tomó tu padre hace tantos años, Julián y Margarita recién se habían casado y ella parecía siempre tan débil, tan frágil, que cuando vimos en el cine a Greta Garbo haciendo de Margarita Gautier en seguida pensamos en ella, me acuerdo que tu madre y yo nos miramos en el cine en medio de la película y tu madre me dijo: "Es idéntica. Parecen dos gotas de agua", y aquello fue como una predestinación, fue fatídico, porque Margarita se parecía a Greta Garbo, es cierto, pero a los once meses de casada se empezó a poner pálida y nosotras, pobres idiotas, a festejar su palidez pensando que era su embarazo, que ya creíamos que no llegaría más, y ella déle con el dolor de pecho, que abuela Clara, me acuerdo como si fuera hoy, le dijo a Julián delante de ella: "Ponle unas compresas de aceite caliente en el pecho", y ella se ruborizó y escondió la cara, de tímida que era, no le gustaba que se nombraran las partes del cuerpo humano delante de ella, y Julián, que la llevaba todas las tardes al parque a pasear en el landó de papá, de capota desmontable, haciéndole entrar todo el viento, convencido de que el aire la iba a curar; pobre Margarita, lo que habrá sufrido, ella que era tan callada, los gemidos que lanzaba cada vez que tenía que respirar, en aquella época el mal no tenía cura, fíjate ahora, si hubiera sido ahora Margarita andaría corriendo y jugando en el jardín contigo, porque por encima de todo ella prefería a los niños, creo que si ella hubiera tenido un hijo por lo menos se hubiera muerto más contenta, que eso era para ella ya como una obsesión (¿Dónde se ha ido Margarita? "Al camino de los cipreses, al camino de los cipreses", grita mamá).»

¿Federico habría visto las fotografías? ¿La que están todos de pie, alrededor de la mesa, porque es Nochebuena y no se animan a sentarse antes de que suenen las campanas, y tía Emilia tiene los ojos un poco llorosos, porque ella se emociona de nada, y le caen lagrimitas, unas lagrimitas chiquitas que recoge en el pañuelo, las mira un poco, al fin son lágrimas de ella, le da lástima perderlas, me parece, después dobla el pañuelo y suspira? ¿Ésa también? ¿Y la de abuelo cuando era joven, que yo pensé que nunca había llegado a ser joven, pero un día tía Celina me mostró la fotografía del abuelo en malla de baño, al lado de un poste de playa que no sé qué sería, a lo mejor sostenía una carpa, como una capota de mi abuela, y él estaba ahí, en medio de la arena grisecita, del mismo color del agua del mar, todo medio verde, yo no sé si de la edad o de la humedad; el abuelo con una malla de baño bordó a rayas blancas, tres rayas blancas y el pantalón que le llegaba a la mitad del muslo aunque debajo de los brazos se le veían dos agujeros, la piel del abuelo llena de pelos y tensa, el abuelo joven, como yo no lo había creído.

...y si no vuelve yo estaré muy triste y ya no tendré con quien hablar, porque era el único de los primos que yo quería.

y si se fue y no vuelve
Federico se fue
el ido el perseguido
Federico
solo
¿Adónde?

—¿Adónde están las guerrillas? —le he preguntado a mi madre, que sacudía, que lavaba, que fregaba, que lustraba los pisos y los muebles que se agachaba para limpiar los zócalos que perseguía el polvo de los rincones «Al camino de los cipreses, al camino de los cipreses» y vagamente todo el tiempo montañas, ríos, arroyos, vegetaciones, espinas, alambres, animales sueltos, frío y calor repentinos, hambre, desnudez y muerte.

—¿Adónde están las guerrillas? —le he preguntado a

tío Andrés. Él revolvía las hojas del diario con furia, buscando aquello que no encontraba. Con lo que él me ha dicho yo no he podido ubicar muy bien ese lugar de las guerrillas, pese a que lo he buscado prolijamente en el mapa. En el mapa que tiene a todo el mundo. Ese mapa que está colgado en mi cuarto, que allí lo puso el maestro para que yo de noche me fijara en los nombres y los aprendiera; pero a mí de noche no se me daba por mirar el mapa, sino por pensar en otras cosas, y nunca lo miraba; a veces, de la rabia que le tenía, le hacía marcas falsas con los lápices de colores; marcas de ríos falsos y de carreteras inventadas, para divertirme, así no sería fácil hallar el camino de los nombres y los nombres de las ciudades y las montañas por donde suben las calles y los arroyos que cruzan las montañas. Pero ahora que Federico se ha ido por el mapa, me he puesto a mirarlo cuidadosamente, a lo mejor encuentro ese lugar de las guerrillas, para saber adónde está e imaginármelo. Quisiera que fuera un buen lugar, para que él se sintiera contento y terminara su libro. ¿Se ha ido a terminar su libro? ¿Se ha ido a las guerrillas? He mirado el mapa muy fijo. Si descubro en qué lugar se encuentra, lo seguiré con un hilo, para saber por dónde es que pasa, por dónde es que va.

—¿Adónde están las guerrillas? —le he preguntado a Alejandra,

a Alejandra que miraba un libro

a Alejandra que pintaba un cuadro

a Alejandra que se mira se pinta se mima en el
[espejo

Alejandra cuadro Alejandra espejo

—¿Adónde están las guerrillas? —le he preguntado al inspector, que ha venido a inspeccionarnos, a averiguar, a buscar huellas sitios cosas de Federico por la casa.

Yo no sé dónde están las guerrillas, ni el maestro lo sabe, ni el loro que chilla todo el tiempo, y la abuela Clara que se enoja porque nos ha sucedido esto a nosotros, y debe haber sido un descuido de alguien, pero no sabe de quién, no sabe si enojarse con Alejandro con Alberto con Diego con Francisco con tía Celina con Emilia o Tolomeo o conmigo.

Y como está enojada y no sabe con quién, zurce medias, cose hilo duro, da tremendas puntadas que deshacen la tela y nada le importa, que las medias se deshilachen, que la tela que sostiene en la falda se vaya deslizando hacia el suelo vuelta una madeja de hilos quebrados, retorcidos, desmayados, apenados, tiernos, nietos, niños.

Pero un día ha entrado el tío Alberto muy alegre sacudiendo un telegrama entre las manos. Ha entrado el tío Alberto primoroso, bien vestido, que venía de la calle contento, adonde había salido en busca de noticias, y las noticias, esas aves de agüero, lo sorprendieron antes de llegar a la agencia de manera que vino volando por el aire, dando grandes aletazos por el camino, llevando el telegrama en el pico, para que no se le cayera y fuera a dar en el jardín, donde las tías lo podían agarrar antes que los hombres de la casa, y cuando entró por la ventana que estaba abierta para poder sacudir las alfombras, victorioso, nos llamó a todos, hubo gran estruendo en la casa, de un piso al otro las aves se llamaban, desde los techos contestaban las águilas que se habían posado, las auras se congregaban, los aguiluchos asaltaban el aire con sus vuelos negros como mujeres de luto, los halcones vigilaban vigilaban, tenían un ojo malo a causa de un rayo de tormenta que se los había quemado, pero por el otro ojo, por el ojo bueno, vigilaban, mirando sus crías, graznando indicaciones a siniestra, para poner en fila a las hembras.

Tío Alberto entró a la casa por la verja enrejada que la lluvia ha oxidado un poco, de modo que en los bordes de las lanzaderas de hierro asoma el minio, entre las vertientes de las enredaderas, cruzó la hilera de lacas por el camino que hace Alejandra cuando vuelve del Instituto, llamándonos a todos; a todos que estábamos adentro de la casa, mamá lustrando, cuidando los muebles, Elvira cosiendo y bordando, Alicia ensayando unas bobas escalas en el piano, de esas que son tan fáciles y ella ensaya entre bostezo y bostezo porque se duerme arriba del piano, como si el teclado fuera una almohada apoya la cabeza y yo la miro y me recuerdo ahora de Federico de su manera de hablarme de su suavidad y de su andar por la casa como si no estuviera, como si nada fuera suyo y sin embargo abuela Clara estaba balanceándose en su sillón de hamaca, meciéndose como una niña, arrullándose en su mecedora, y yo me acordé de una foto que me mostró tía Celina de la abuela cuando era niña, que era una instantánea que le tomara su padre, el bisabuelo, con una vieja máquina de fuelle, que no sacaba más que seis fotografías por carrete, y eso siempre que hubiera buena luz, y en la instantánea, la abuela está sentada sobre la sillita de la hamaca, que era de madera y estaba sujeta con unas cuerdas muy gruesas de la barra de metal, para que no se cayera; la abuela está sentada sobre la sillita, y tiene una cara muy cómica, que yo no sé si es de reírse o de llorar, de alegría o de miedo, porque el bisabuelo estaría gritándole que se quedara quieta, que si no la foto no salía, y ella que no estaba muy acostumbrada a eso de hamacarse, y todo esto lejos de mamá, y en la fotografía la abuela tiene un vestidito blanco, al fondo se ve una hilera de arbolitos que serían verdes pero que en la copia están oscurecidos, todos iguales, no se distinguen, y la abuela lleva en la cabeza una capota que anuda con dos cintas en el cuello, y las mangas del vestido, que son cortas, tienen muchos volados adornados con moñas y se ve que con cintas de colores, porque en ese lugar la fotografía tiene unas manchitas que deben corresponder a ellas.

El tío Alberto llegó alborotando la casa, y todos juntos nos fuimos al comedor, que es el lugar reservado para las reuniones de la familia, y en la mano traía un telegrama que hablaba de Federico. En el telegrama, que era un mensaje que le enviaba uno de la inspección del ejército a mi tío Alberto, que habían sido compañeros en el colegio inglés, y siempre se recordaban tanto que cuando se veían se daban grandes abrazos y se ponían contentos como monos, en el mensaje telegráfico confidencial, se hablaba de mi primo Federico, y yo bien vi que cuando tío Alberto lo empezó a leer Alejandra se puso un poco colorada, y disimuló encendiendo un cigarrillo, cosa que irritó mucho a la abuela Clara que se lo tiene prohibido, aunque ella no le hace mucho caso. Y en el telegrama se decía que Federico había sido visto en tal y cual pueblo, acompañado por un reducido número de hombres que lucían uniforme verde, que no se trataba más que de un grupo de seis o siete hombres muy cansados que habían atravesado la montaña y que estaban llenos de piojos, de hambre, de frío, y que la gente de los poblados no les hacía caso, porque ¿quiénes eran ellos? y que ellos se habían desacatado al Gobierno, y eran rebeldes, y que serían juzgados por un tribunal militar en cuanto se los detuviera, que eso no tardaría mucho en suceder, porque aunque se habían internado en una sierra, para disimularse mejor, él mismo —que bien se sabía el cargo que tenía en el ejército—, nos podía asegurar que ya había salido para el lugar un contingente armado, de los que habían estado practicando en el extranjero para cazar hombres rebelados como Federico, y que habían recibido una muy buena instrucción, y para ellos, eso de internarse en el bosque en la sierra o donde fuera era cosa fácil, de manera que en poco tiempo los tendrían cercados, sin agua, sin qué comer, sin contactos, sin radio, sin ayuda, sin dinero, sin posibilidades de salir, y eso era lo que iba a sucederle a mi mismo primo Federico. Y muy atento y seguro servidor suyo. Amén. ¿Federico hambriento y lleno de piojos? ¿Federico sin qué ponerse, y desnudo, y arañando las hierbas y trepando por la montaña? ¿Federico nadando los ríos llenos de peces?

—No saldrá vivo de allí —comentaba la abuela Clara, sacudiéndose en la hamaca, mientras bordaba. Era un bordado muy lindo, con flores y frutas frescas y un niño muy tierno jugando.

—Se lo merece, por aventurero —continuaba tía Emilia; la pobre, se ha caído de la escalera y tiene un bulto en la rodilla, pero no quiere ir al médico porque a ella no le gusta lucir las piernas.

—Siempre fue un inadaptado —reprocha tía Ernestina, roncamente, del rencor que tiene de no haber podido sacar hijos de su vientre.

Tiene una panza enorme, como un gran lío de ropa, una panza que comienza en el estómago y termina cerca de las piernas, pero que no le sirve para nada, porque nunca ha podido exprimir de ella un hijo, un carozo, una simiente; una gran panza vacía, llena de agua, llena de nada. Panza, panza, panza. Solamente panza. Se mueve con ella para todos lados, como si fuera su estandarte, su bandereta, pero es una panza que no le sirve para nada, más que para ocupar lugar y molestar a la gente, y a veces la gente en el ómnibus le cede el asiento, pensando que en su panza hay un niño, va un niño instalado, que lleva un niño con ella, desde el ombligo para adentro, y ella toma el asiento, se ubica tal cual si el niño existiera, y a veces se la toca, se toca la panza como si el nonato le doliera, estuviera gesticulando, abriéndosele entre las piernas, pero es un sueño, no es verdad, en su panza no guarda un niño, su panza está vacía, inflada, llena de aire. Yo no sé si ése será un mal de familia, pero de noche a veces yo me la miro temiendo que me crezca así. Me la miro, a ver si me está creciendo, si se me hincha, si crece como una sandía.

Me la miro y la remiro; por ahora no la he visto crecer, pero de noche, si estoy dormido, es posible que suceda, y que cuando despierte el vientre se me haya inflado como el de tía Ernestina; con el vientre tan crecido voy a ocupar más lugar, y es seguro entonces que los asientos no me sirvan, ni la ropa que ahora uso, y me exhiban en el circo como un mono. Entonces saldré en los diarios, como Federico, que se ha ido a las guerrillas, y mi foto ande por todos lados, el niño del vientre crecido, y si eso sucede seguro que me voy de la casa a otro lugar. ¿Adónde? ¿Adónde iré? Si encuentro las guerrillas a lo mejor mi vientre cabe en ellas, mi gran vientre en las guerrillas y allí estaré contento porque Federico va a estar cerca y volveremos a jugar, que con él la casa era otra cosa, pero ahora que él se ha ido no se puede más, ni jugar en el patio, ni mirar por la ventana, ni esconderse en el altillo, todo es lo mismo, todo es igual, ni las estatuas parecen las mismas y todas las plantas se han secado. Se han secado. Se han secado. Secas. Secas.

—Siempre le dije a Tolomeo que ese muchacho leía demasiado. ¿Qué cosas le iban a dar los libros que no tuviera en la casa? —dice la abuela Clara, que cruje sus delantales mientras deshace las telas.

—Los libros le llenaron la cabeza de ideas raras —concluye Tolomeo, enrojecido. La abuela Clara lo mira feroz. ¿Quién tiene la culpa? ¿Quién tiene la culpa de que Federico se haya ido?

—Los encontrarán pronto; los sujetarán en seguida —brilla la mirada de tía Ernestina—. ¿Qué podrán hacer sin víveres, sin ropa, sin dinero, sin nadie que los oculte? Muy pronto los van a detener.

—Solos. Solitos. Se quedarán solos. Sin nadie. Y tendrán que entregarse. Se entregarán todos, antes de morir. O de a uno, a medida que los bichos se los coman y no puedan aguantar más.

¿A Federico se lo van a comer los bichos? ¿Se lo comerán los bichos? Y Alejandro que revuelve furioso los libros, los papeles de la biblioteca, del escritorio.

—Es cuestión de tiempo —afirma tía Lucrecia mirando a su hermano Andrés, que se pasea como un león enjaulado. Como un león aprisionado—. Hora más, hora menos, tienen el destino fijado.

Y el maestro, que le he preguntado dónde está Federico y se ha puesto colorado y no ha querido responderme.

Y la casa, que desde que Federico no está se ha vuelto otra, porque las plantas se secan y ya no dan ganas de mirar por las ventanas de andar entre los parterres de jugar con las estatuas.

Y a lo mejor, si me apuro en crecer, si me apuro y crezco de la noche a la mañana voy a tener el tamaño de mis tíos y cuando sea tan alto como ellos seguro que me voy de la casa, me escapo de noche por la puerta y no me ven más y ni me acuerdo de ellos y salgo a buscar a las guerrillas y si no se han muerto todas, con eso de los bichos, que encuentro a Federico y le cuento lo que en la casa andan diciendo de él y venimos todos y mi abuela Clara me mira fijo y dice, vigilando con el rabillo del ojo a mamá:

—Ema, este chico te ha salido igual que Federico. Si no lo encauzas a tiempo, buenos problemas tendremos con él.

XIV

Páginas del Diario de Federico

Alejandra era morena y de piel de hoja verde oscura, intensa; hacía pensar en plantas y en humedad, en árboles frondosos, con relámpagos de luces e incandescencias por la noche; hacía pensar en amores violentos, por el cuarto, en velas nocturnas interminables. Difícilmente se cansaba de hacer el amor y siempre parecía esperar más, como si solamente el agotamiento pudiera finalizar aquella progresión de caricias y de paseos por los ángulos y rincones del cuarto, en los cuales ella iba a nado de sábanas sombrías, cabalgaba sobre cuerpos desnudos que la aprisionaban gozosamente. El amor con ella se parecía a la tierra, a cavar un pozo, hasta hallar el agua, y se parecía a las ceremonias mágicas o paganas, en noches solemnes, donde una bacante vestida de blanco danza alrededor del brujo hechizado. Formaba parte de su teoría circular del universo, donde el tiempo nunca acababa, recomenzaba, donde no existían principios ni finales, sino vueltas y regresos, procesiones hiperbólicas, todo giraba, empezando y terminando al mismo tiempo. Solamente cortes bruscos de requerimientos cotidianos podían interrumpir su incesante actividad de amar y de buscarse, de acariciar y aproximarse, de poseer y poseerse, tales como la urgencia de vestirse para ir al instituto, o la interrupción voluntaria del reloj, que indicaba que habían pasado los días sin que nos diéramos cuenta, que había que conseguir tal libro, atender el timbre, solicitar dinero o ir a ver una película. Aurelia era diferente. Le gustaba quemar los papeles en el patio, aquellas libretas llenas de direcciones que era imprescindible ocultar de los parientes y del registro, o quemaba documentos, los papeles apresurados en que habíamos anotado citas, colaboraciones, nombres falsos y consignas, las servilletas de los bares en que rápidamente habíamos dibujado un croquis, un camino, la señal de un encuentro, y en el patio encendía aquellos fósforos de madera y cabezas escarlatas con delectación, mirándolos arder, elevándolos encima de la cabeza como fuegos artificiales, como luces de celebración y de festejo, decía que era piromántica, el fuego lamía los bordes de las libretas, echaba a volar al viento las cenizas que se desmadejaban dispersándose por el aire donde mínimas, inestables, inconsistentes, azules, el aire las borraba. Todo hubiera sido una gran fogata, un gran incendio, si aquel nuestro tiempo tan breve hubiera sido un tiempo amable, un tiempo de paz, de claridades. Pero no lo había para detenernos, las tareas nos llamaban, teníamos que ocuparnos las manos, los pensamientos, los días las noches con otras cosas; todo hubiera sido un gran incendio, una fogata si hubiéramos podido detenernos a contemplar, a buscarnos, a entregarnos; Aurelia y las fogatas, la hubiera llamado yo, de tener tiempo. Y le hubiera hecho una gran fábrica de papeles inservibles, un gran campo de restos retorcidos, de desechos, le hubiera construido un gran baldío de papeles para que en la madrugada, cuando amanecía, vestida de doncella, entre el amanecer y el frío, con sus largos brazos desvestidos, riéndose y apoyándose en los pies de mis poemas favoritos, hubiera encendido el campo, les hubiera prendido fuego, hubiera hecho con ellos una gran montaña ardiente, desde la cual, sacerdotisa en las ciudades, me hubiera convocado.

Era tierna y a veces era sombría. No siempre podía saberse qué pensaba, si pensaba, mientras dejaba descansar los ojos o los echaba a caminar en el espacio, como exploradores y astronautas. Navegaciones del día, mientras miraba y quizá pensaba, pero yo no podía saberlo, porque su silencio era solemne y daba miedo interrumpirlo, quizás en el fondo no hubiera nada, ella misma lo decía, por eso era sospechoso. Cómo salir de él, sino a través de una frase banal que nos convenciera de que efectivamente en ella no había más que piel y la decisión estudiada elaborada de vencer. Yo no sabía cómo había llegado allí, con sus lindos modos y la manera de mover las manos, que me fascinaba, pero no iba a estar interrogándola, era inútil, detestaba las precisiones de las biografías, no le gustaban los datos personales, parecía como recién nacida allí, parada, ya hecha, ya madura, para qué saber el camino recorrido verdaderamente desde la placenta hasta ahora. Con ella todo era suave y severo al mismo tiempo, marcado por una regla, indicado por las máquinas de tabulación, controlado por la fuerza de la necesidad y las consecuencias. Al principio, yo repartía mis noches así, vinculándolas sin quererlo, asociándolas en la ceremonia de velar y de esperar. Con Alejandra, era la audacia y los golpes violentos, la aventura inesperada; con Aurelia me quedaban las noches de paz, el tránsito dulce y acariciado hasta el alba, la voz que se remansa suspirando nuevas canciones y la tarea medida, justa, necesaria, que debemos realizar con precisión. Al principio, yo me sentía agitado por océanos de aguas diferentes, de corrientes contrarias; a Alejandra la olía de lejos, las noches de jardín y de casa, entre los árboles. Olía su presencia en la oscuridad en la confusión de plantas, por la humedad de su piel y la textura; podía reconocerla entre todos los pasos de la casa, identificarla en el aire oscuro por el olor que tenía su piel a la salida del agua, cuando las gotas se le deslizaban rápidamente por el cuerpo, aferrándose a sus caderas como anclas, a sus anchos poros abiertos, respirándole desde adentro; podía reconocerla por el color bronce de sus piernas y de sus costados, y por el rumor muelle de sus ingles colmenares. Entre todos los rumores y los olores reunidos de la noche, yo podía claramente identificar el suyo, separarlo del resto y seguir su pista, como un perro adiestrado que va por el sendero, rápidamente avanza, sin detenerse en la presión dulce de las hojas acumuladas, esparcidas por el bosque, soslayando corrientes húmedas de agua, presas a medio corrompidas por el tiempo, sin detenerse ante los árboles y el murmullo de las plantas que ronda. Así la seguía yo por las noches, jugando a descubrirla.

Con Aurelia fue diferente; cansado y manso, anhelando la luz y la claridad, la caricia dulce, el reposo remanso de un hueco abrigado, cuando desmayaba y difícilmente hacía pie en medio del agua que crecía y asediaba, me recosté a la playa iluminada y deslumbrante de Aurelia, sujeto a su corriente retornante, mansa de lumbres, Aurelia descansando, acariciándome la frente, contándome una ecuación de cosmogonías que había descubierto en un libro de matemáticas. Su ritmo era liviano y más lento, se podía abordar maduramente, cuando uno había navegado y encontrar en la terraza los frutos calmos y livianos de la noche, un plato lleno de frutas y un vaso de agua.

Yo no sabía qué hacía antes, ni de dónde había

184

llegado. Sólidamente esperaba. Su paciencia escalaba los días, y yo tenía la seguridad de que al final, cuando todo terminara, sería la única sobreviviente.

A ELLA

Me gusta mirarla desde lejos
    estando próximo el sol
    en el secreto de las cosas
    que solamente ella y yo sabemos.
Mirarla secretamente
    y que ella me sonría
    en tanto el sol bala su luz en las ventanas
    donde asoman cristales del verano
    y deslizamientos de papeles
    por donde ella escribe cosas que yo no sé
    que no sabré
        cosas que están en los cajones.
Me gusta mirarla desde lejos
    ella se mueve entre los papeles y las máquinas
    de escribir y de calcular
abajo
    el sol está mansamente
    lamiéndole el agua a la ciudad
y yo la miro
y ella me mira
en la complicidad de las cosas que sabemos
y no decimos.
Y si ella se inclina por la ventana
desde la cual veo caer sus miradas sus deseos
como hilos que me tiende, salvadora,
un delicioso telégrafo color humo
me palpita en las zonas más sensibles de mi cuerpo
que efectivamente ella existe
no es un misterio de la tarde

  —soñado a las desesperadas seis de la tarde—
ni la hice en una noche de quebranto y de delirios en
que la deseaba
no es inconstante ni inconsciente
ella no es un juego de palabras
  puedo buscarla entre las plantas
  puedo bebérmela en el agua que le pido
  puedo casi hasta abrazarla
  puedo regalarle libros
  puedo hacerla protagonista de poemas
  puedo irme al otro extremo de la ciudad
  y llamarla por teléfono
  puedo caminar con ella por las calles
  y hasta irme a un balneario y extrañarla
  y si una negra canta mucho mejor que las demás
  nadie sabrá cómo ella y yo la escuchamos.
Y si ella se inclina por la ventana
  y mira para abajo para la calle
  yo tengo miedo que se caiga y sus sueños
  —como niños que gatean— se lastimen
  y su sombra de muchacha a la ventana
  se escape por la herida de la calle
  —vereda que sube— rumbo al mar
    ella me mira
    yo la miro
    en la secreta complicidad de lo que existe.

XV

Oliverio

se lo contaré se lo contaré se lo contaré se lo contaré se
lo contaré se lo contaré se lo contaré se lo contaré todo
le contaré lo que dicen de él de él de él que se ha ido se
ha ido Federico se ha ido pero se ha ido entonces
cuando vuelva se lo contaré se lo contaré se lo contaré
no me olvidaré de nada no me olvidaré de nada de
Nada lo juro lo juro lo juro lo juro lo juro rezaré para
que vuelva voy a rezar ya estoy rezando Dios te Salve
María llena eres de Gracia que Federico vuelva bendito
sea tu nombre Federico entre todos los nombres de la
tierra, y bendito sea el fruto el fruto el fruto de tus
obras allí donde estés, Y Primo Nuestro que estás en las
guerrillas santificado sea tu nombre vuélvete con nosotros bendito seas entre las familias hágase tu voluntad
allá en la montaña y en la ciudad, y no te olvides de mí,
de mí, de mí, perdona nuestra ausencia y líbranos del
Mal. Amén.

«Entre una clase a la que no pertenecimos, porque no
podíamos ir a sus colegios ni llegamos a creer en sus
dioses,

Ni mandamos en sus oficinas ni vivimos en sus casas
ni bailamos en sus salones ni nos bañamos en sus
playas ni hicimos juntos el amor ni nos saludamos,
Y otra clase en la cual pedimos un lugar, pero no
tenemos del todo sus memorias ni tenemos del todo las
mismas humillaciones,
Y que señala con sus manos encallecidas, hinchadas,
para siempre deformes.
A nuestras manos que alisó el papel o trastearon los
números.»

> (Roberto Fernández Retamar, *Usted tenía
> razón, Tallet: somos hombres de transición*)

«yo bastante bien, pero con hambre atroz».

> (Comandante Ernesto Guevara, *Diario*, 24
> de agosto)

«Nació en un tiempo malo.»

> (*Epitafio*, Juan José Arreola)

«Y, desde luego, no queremos (y bien sabemos que
no recibiremos) piedad ni perdón ni conmiseración.
Quizá ni siquiera comprensión, de los hombres mejores que vendrán luego, que deben venir luego...»

> (Roberto Fernández Retamar, cit.)

XVI

Alina, junio, 1966

Pablo poetiza y eso no está bien. No está bien. Hemos discutido varias veces, con la dirección, acerca de sus características. Rafael, que está inclinado a la tolerancia, piensa que no debemos decirle nada, dejarlo estar, darle pequeñas tareas de todos modos. «No nos hará daño», dice, pero yo no pienso lo mismo. Creo que puede perturbarnos, con su manera de ver las cosas, o de no verlas. «De todos modos, es para él un gran paso haber venido —dice Rafael—. Significa una ruptura con el orden que ha debido costarle grandes esfuerzos.» Yo no creo que por eso solamente debamos aceptarlo. Le pusimos Pablo, como se llamaba uno de los nuestros, que cayó en la ciudad, pero su verdadero nombre es Federico. Pero entre este Pablo y aquel otro, hay grandes diferencias. Tiene la tendencia a idealizar, a ver las cosas mal, a confundirse. Hay que ser radicales, en estas cosas. No necesitamos poetas, sino combatientes. Es posible que nunca pierda su costumbre de escribir, y aunque no lo hiciera, aunque renunciara a llenar cuadernos y libretas, de todos modos no nos sería muy útil, por su manera de ver las cosas. «La vida acá le será muy dura —dice Rafael—. De todos nosotros, será el que sufrirá más. Le faltarán cuadernos, libros, compañeros, cuidados, y a veces no tendrá siquiera un poco de tinta, tendrá que posponer sus versos para atender una u otra ocupación, se irá acostumbrando a pensar y no a soñar.» «Comprenderá que es un trabajo duro, que no podemos distraernos, que la disciplina es nuestro principal recurso, y si no es lo suficientemente fuerte, si no es lo bastante apto, sucumbirá a la presión cotidiana.» Yo no creo que sea necesario esperar ese proceso. Podríamos decírselo ahora mismo, con sus cuadernos a otro lado. Por las noches, cuando me toca salir a montar guardia, mientras los otros duermen, a veces lo encuentro levantado, en lugar de aprovechar su tiempo y dormir, como los otros; me irrita verlo bajo los árboles, aunque haya luna, simplemente mirando o pensando cosas, quién sabe qué, solo, apartado, a veces escribiendo cosas en su cuaderno. No me acerco, para no discutir, y él toma mi distanciamiento como respeto. Tendría que dormir, a esa hora, para estar fresco por la mañana, cuando hay que moverse, ir de un lado a otro, cargar las mochilas, recorrer el mapa. No sé qué escribe en sus cuadernos. No los he leído. Quizás hable de nosotros. Se lo he dicho a Rafael. «Es peligroso, si un día cae en manos enemigas.» Rafael ha sonreído. «No se lo prohibiremos, por ahora. Si es útil, si sirve, rápidamente comprenderá e irá eliminando las cosas que acá no necesitamos.» He discutido esta interpretación. No quisiera que hablara de nosotros en sus cuadernos. «Seguramente que sí», ha dicho Rafael. «¿De nosotros?» «Sí, de ti y de mí, de los compañeros.» «No es justo, Rafael. No me parece oportuno ni conveniente.» «Se trata de eso, precisamente, de cómo él nos ve.» «¿Entonces ha venido exclusivamente por motivos personales?» «No es exactamente así. La parte de él que se ha desprendido totalmente de su pasado está aquí, con nosotros, buscándonos el ejemplo. Se irá afianzando, rápidamente. Lo demás será eliminado por él mismo, como me ve, en su cuaderno. Sus opiniones, frecuentemente, me irritan o me desconciertan. Cuando me toca de compañero, no sé qué hacer con él. «Déjalo —dice Rafael—. No lo apresures. Él sólo está haciendo su camino.» Tengo miedo que no aprenda nunca, o que debido a eso, nos arriesgue a todos. Mucho mejor resultado tenemos con los compañeros que han venido de la ciudad, de las fábricas y dos o tres estudiantes. No son tan inteligentes como Pablo, pero en cambio, no son poetas, y su firmeza es una garantía. Disciplinados, humildes, esforzados, están siempre en el lugar indicado. Con Pablo, en cambio, me es más difícil trabajar. Discute demasiado, quiere siempre estar totalmente convencido, entenderlo todo, y, además, toma fotografías. Éste ha sido otro punto de controversia. ¿Por qué habría de ser el único con autorización para tomar fotografías? Manuel se ha molestado. «Las fotografías no cumplen ninguna función en este momento. Él las toma a título personal, para deleitarse. Este ángulo o el otro. No tienen utilidad, por lo tanto, no estoy de acuerdo con autorizarlo.» Rafael, al final, impuso su criterio. «No podemos olvidar quién es, de dónde procede —ha dicho—. Un campesino, de pronto, nos sería más útil en tantos casos. No debemos ser rudos con él, aunque sí severos. Está adaptándose cada vez más. Por ahora, que fotografíe todo lo que quiera. Llegará el momento que necesitemos verdaderamente de su cámara, de su experiencia, de sus aptitudes; entonces sus fotografías se volverán significativas y las utilizaremos adecuadamente. Él comprenderá, entonces, cuál es la función de su cámara.»

Me ha enseñado a variar los diafragmas según la

intensidad de la luz, a regular el tiempo de exposiciones, para producir tal o cual efecto, a disparar con el obturador sostenido por un cable y a sacar fotos nocturnas, a la luz de la luna, apoyando la cámara en el suelo, mientras fuma o monta guardia. Le he explicado que a mí las fotografías no me interesan. Me ha ofrecido alguno de sus libros. Me llevé uno, de poemas. No lo entendí; hace mucho tiempo que no leo y debo tener la vista y el oído desacostumbrados. No entiendo bien a los escritores, y prefiero tenerlos lejos. ¿Cuántos podrían apreciar, captar el sentido de ese arte? «Para eso mismo estamos haciendo la revolución. Para que todos tengan los medios para entender y para apreciar», dijo, y se fue silbando un aria de ópera. Prefiero la compañía de los otros del grupo. Le he dicho a Rafael que no creo que la poesía de Pablo sea realmente revolucionaria. El hombre común no la entendería, y el otro, el que ya está iniciado, no necesita versos para descubrir dónde está la verdad. «No esquematices —me ha respondido Rafael—. Seguramente, con el tiempo, será más fácil entender la poesía, y al mismo tiempo, habrá muchos más poetas, pero se habrán borrado casi las diferencias entre el poeta y el que no lo es.» Debo confesar que ha respondido bien a las tareas que se le han encomendado. Naturalmente que eran pequeñas pruebas para estimarlo. Y las ha cumplido con corrección. Esto me ha reconciliado algo con él. «En el camino, las diferencias se abreviarían y hombro con hombro lo importante serán las coincidencias, no las discrepancias», es la opinión de Rafael. Pienso que quizá tiene razón. Así sea.

XVII. Primer final

Oliverio

Y Federico se fue a las guerrillas y nos dejó solos, nos dejó solos, se fue y no vendrá, es seguro que no vuelve, y si vuelve, me lo ha dicho la abuela, ya no será lo mismo, no será como antes, porque es un renegado, un ido de la casa, un desertor de la familia, de la patria, de los querubines.

Y Federico se fue. ¿Se fue por la noche o por la mañana? ¿Se fue por la noche de claraluna o por el albarrosa, se fue dormido o se fue despierto, cuando amaneció?

Federico se fue a las guerrillas, que nadie sabe adónde están, ni los del ejército lo saben muy bien, porque aunque le prometieron a mi tío Alberto encontrarlo en seguidita los días pasan y ni rastros de él, que los buscan con perros y marrones.

¿Con perros y marrones?

—Los van a matar en sus cuevas como a comadrejas —dice tía Heráclita.

«Muérete, vieja, pienso yo.»

—Los matarán a todos.

—No van a dejar ni a uno vivo. «Ni para muestra»,

dice la abuela Clara, que los odia. ¿Por qué los odia?

«Ni para muestra.»

—Se los comerán los piojos.

—Se morirán de hambre.

—Se los comerán los tigres.

—Los van a hacer saltar a tiros. A tiros de fusil. No escapará ni uno.

Y Alicia, que es una boba, déle que déle llorar porque se le están cayendo los dientes y ella cree que no le saldrán otros. A lo mejor no le salen más, de boba que es.

Sergio nos ha invitado a jugar a un juego nuevo.

«Juguemos a soldados y guerrilleros», nos dice, entusiasmado, mientras reparte armas de juguete y dispone un plano sobre el suelo, abriéndolo sobre la tierra, desplegándolo como si fuera una flor despetalada.

Yo no quiero jugar esta vez, porque a mí siempre me toca hacer de guerrillero muerto. Sergio me da el revólver más chiquito, el que tiene el gatillo de mica y no dispara nada, y se queda con los fusiles, las metralletas de celuloide, los cascos de plástico y a Norberto, que es guerrillero junto conmigo, sólo le da un machete. Así, no quiero jugar más.

—La misma cantidad de armas para cada uno —reclama mi primo Norberto.

—Así no es —protesta Sergio—. Hay que jugar de verdad: nosotros nos quedamos con casi todo, los fusiles, las ametralladoras, los aviones y el cañón. Ustedes con las granadas y los palos. Así el juego es de veras. A ver quién gana.

¿Quién va a ganar así?

De este modo, yo no quiero jugar. Quiero la metralleta grande; si no, no juego.

—Pero si nosotros nos quedamos con las mujeres, que son unas bobas y no sirven para nada —dice Ser-

194

gio—. En cambio ustedes dos son los más grandes y tiran mejor.

¿A Federico sólo le han dado una granada de mano y un revólver chiquitito?

—Las mujeres en fila, con nosotros —grita Gastón, que se cree muy importante.

De todos modos, Norberto ya se ha ido a refugiar entre los mimbres de los tamariscos; su cabeza asoma protegida por las flores blancas y las cortezas rojas, que parecen ballestas.

Yo voy detrás suyo, a esconderme también, pero prefiero subirme al peral. Al peral, que de noche larga su sombra, cuando el patio está iluminado por luz de luna y su olor hace pensar en el verano y en la madera, y en la leche fresca de las peras resbalándonos por la boca, peras como pezones.

—Hay que saber utilizar los árboles —murmura en voz baja Norberto, y me lanza una honda, para que desde allí yo arroje piedras. Yo tengo los bolsillos llenos de piedras y pedruscos que he juntado por el camino. Tengo los bolsillos hinchados, como palomas abuchadas. En cuanto asome la cabeza castaña de Gastón, le apuntaré bien y lo haré caer. Así se acuerda de la vez que se subió al escalón de Artemisa, aunque yo le dije bien que no me gustaba que anduviera haciéndole porquerías a las estatuas.

Desde encima del árbol, veo bien la casa pero nadie me ve a mí, si no es Norberto, que sabe que estoy aquí, arriba del peral. Pero desde abajo, y desde la casa, nadie me ve. En cambio, yo los veo a todos. A abuela Clara, que tiene 96 años y se sacude en la hamaca; a tía Heráclita, que está esperando que cacen a Federico y que dos por tres, mirando con gesto de reprobación a su hermana, dice: «A mí, ninguno de mis hijos me hubiera salido como Federico.» A mi primo Alfredo, que tiene un año menos que Federico pero que vive pensando en levantarle las faldas a las mujeres, y el día menos pensado se la da con Alejandra, que si yo me entero que él la anda persiguiendo agarro el fusil del abuelo, que Federico no se lo llevó no sé por qué (a lo mejor es que no funciona, piensa Norberto) y le parto la cabeza de un tiro. Le parto la cabeza de un tiro, que yo lo vi mirándole las piernas a Alejandra, por la ventanita de su cuarto. «Si a ella le gusta que la miren, zonzo», me dijo él, cuando yo, furioso, me puse a darle topazos con toda la furia que tenía; pero agachando la cabeza, tomando impulso y todo, mis golpes no le hacían nada, que él tiene el cuerpo grande como el de un hombre. Aunque a Alejandra le guste que la miren, si yo cazo a Alfredo persiguiéndola por los corredores le doy un tiro de fusil con el fusil del abuelo que cuelga de la pared y nadie lo usa, y se acabó, que a lo mejor si Federico vuelve se queda con Alejandra, que de la casa, me parece que es la única que lo quería; yo también lo quiero, y Norberto, ahora que se ha ido, ha empezado a quererlo un poco, pero él más que nada por el asunto de estar en los diarios, que te tomen la foto y te la saquen en miles y millones de ejemplares y hasta en el África les llegan los periódicos con las fotos. ¿Qué hacen nuestros compatriotas en el África? «Compran y venden cosas.» «¿Qué compran y venden nuestros compatriotas en el África?» «Negros y negras, pues.» «¿Y para qué sirven los negros y las negras?» «Sirven para alcanzarte las cosas, los zapatos, las medias, la ropa, la comida, el agua, las cosas que están lejos o tú no tienes ganas de hacer, y además, para hacerles porquerías sin que nadie proteste.» «¿Es lindo hacer las porquerías con los negros y las negras?» «Es más lindo, porque cambia el color de todo, el color del cuerpo, de la piel, de las cosas que tocas y miras: el

olor también es diferente, y además, nadie protesta.»
«Y cuando se acaben los negros y las negras para comprar, ¿quiénes van a alcanzarnos las cosas y dejarse hacer las porquerías sin protestar?» «Ya aparecerán otros. Siempre hay. Cuando se acaben unos, empiezan otros.» Alfredo debería irse al África. Así tendría muchas negras que le alcanzaran cosas y él les haría las porquerías y dejaría en paz a Alejandra, que con ser su prima, él le anda detrás, espiándola y tocándole la ropa, y el día menos pensado yo le doy un fusilazo, le tiro un tiro de fusil en la mitad de la cabeza y se queda sin Alejandra, sin ir al África ni nada.

Desde encima del árbol, veo bien la casa, la gente reunida, todos los cuartos y el comedor, que es donde abuela Clara se hamaca, y veo hasta el piano que está cerrado.

—Deja tanto de mirar para adentro y vigila bien, que ahora no más se asoman los soldados —me avisa en voz baja Norberto.

Al costado del piano está el jarrón imperio, que cuesta una fortuna, según mi tío Joaquín, que se pasa la vida coleccionando cosas. A mí el jarrón imperio no me gusta nada; pero si uno se le acerca, es distinto, porque parece que tuviera una resonancia, como un eco adentro. Al costado del jarrón imperio hay una mesa ratona, con dos pumas de bronce echados. Uno lo mira al otro, con manso deleite. Y allí mismo veo a tía Heráclita, que está frotando un hule. Si apunto bien con la honda, le doy en la mitad del moño con relleno que tiene. Ella no quiere que nadie sepa que usa pelo falso, que su moño tiene relleno, es cabello postizo, pero me contó Gastón que él la vio mientras se lo sacaba, y había un rodete de mentira, de pelo artificial, que no era de ella. Si le doy en la mitad de la cabeza a lo mejor se deja de andar diciendo por toda la casa: «Ema, este niño te ha salido peor que Federico. Si no lo enseñas y lo sujetas bien, verás los dolores de cabeza que nos dará.»

—Oliverio, no te distraigas que he escuchado un ruido entre las hortensias —me advierte Norberto.

En la biblioteca, no se ve a nadie. Sólo un pequeño puntito, si cierro bien los ojos, pero me parece que no es Alejandra, sino el proyector de Julián que está en una esquina. ¿Dónde estará Alejandra? A veces anda por las azoteas, paseándose medio desnuda, para escandalizar a la abuela. Ellas dos se odian, y están buscándose siempre, aun cuando estemos rodeados de gente, porque mi madre dice que ellas están muy «malavenidas». Si apunto bien, puedo romper el vidrio de la ventana de la biblioteca, y si elijo una piedra grande es seguro que la atraviesa y rompe algunas de las cerámicas que están adentro; de las chicas, que son chinas y pertenecen a tío Diego.

—Me parece que nos han encontrado el rastro —me grita Norberto.

—No me importa. Si aparece Gastón, me bajo del peral y se acabó.

—No puedes bajarte —me grita Norberto—. Hay que resistir hasta el final. Si desertas, te fusilo aquí mismo.

¿Federico resistirá hasta el final? ¿Y se lo comerán los tigres? ¿Se morirá de hambre?

—Es que tengo hambre —le digo a Norberto.

—Yo también, pero no digo nada.

Federico ahora no dice nada. Si tiene hambre, no dice nada.

Bang, bang, bang, se oye por el camino de losas. Ésa es la boba de Alicia, estoy seguro, que anda luciéndose porque a ella le han dado un revólver con fulminantes y una canana llena de balines. ¿A quién le tira?

—En cuanto aparezca el primero, apunta bien con

la honda que yo le doy con la granada —dice Norberto—. Entre los dos, lo desintegraremos.

¿Federico desintegrado? ¿Vuelto polvo? ¿Vuelto ceniza? ¿Hecho arena? Y nos traerán a casa un montoncito de tierra y el oficial dirá: «Aquí le traemos a su hijo, a su nieto, a su sobrino, a su primo», y lo dejarán encima del cenicero, para que no se vuele, es tan poca cosa que cualquier aire, cualquier brisa vuela con él. Y tía Emilia, que es la más sentimental, lo guardará en un frasquito, y en secreto lo llorará por las noches, porque al final un hijo es un hijo, por malo que sea o le haya salido, que en eso, no siempre tienen culpa los padres, y encerrarán a Federico en un frasquito y ella lo pondrá en la repisa o sobre la mesa de luz, al lado del llamador, y lo mirará un poquito todos los días, recordándolo cuando era chico, cuando andaba en bicicleta, cuando tenía cinco años, cuando aprendió a cazar, cuando montó a caballo, cuando recibió la comunión, cuando le regaló una planta, cuando se dedicó a la botánica, cuando escribió una poesía, cuando se sentaba, tranquilo y callado a la mesa y levantaba el tenedor y se servía con esmero, y siempre trataba bien a los criados y Alejandra lo miraba y le sonreía porque ellos dos se llevaban bien aunque a veces yo los escuchara discutir, pero discutían como hermanos, aunque eran primos, y nunca se enojaba, Federico nunca se enojaba aunque Alejandra a veces sí y entonces andaba malhumorada por la casa y hacía cosas de propósito para molestarlo, para enojarlo, pero él ni corte que le daba, se quedaba serio y hacía como que no veía cuando ella, para provocarlo, se desnudaba en público, o le tiraba sus libros al suelo, o le quemaba las plantas. Y él iba serenito, después, a plantarlas nuevamente. Más que nada se enojó el día que él quiso traer una muchacha a casa, para que la conociéramos todos, que yo ya no me acuerdo cómo se llamaba y la abuela Clara lo fulminó con la mirada y le preguntó el apellido y él se rió, se rió con una gran carcajada, dijo: «Pero, si recién me doy cuenta. Me he olvidado de preguntárselo», y la abuela lo echó del cuarto y él diciendo a las risas: «En serio, es verdad. Me he olvidado de preguntárselo», y tía Emilia que se puso a llorar y Rafael que rompió un pote de cerámica, de la indignación que tenía, y Alejandra se encerró en el cuarto y no lo quiso ver más, no lo quiso ver más hasta que se fue hasta que se fue Federico se fue se fue el ido;

lo traerán en un frasquito?

—Oigo pasos detrás del limonero —ruge Norberto.

Yo estoy atento. Atento a los movimientos de Rafael en el cuarto que era de Federico. Ahora no es más de Federico, porque la abuela dijo que él era un paria, un descastado, y que los descastados ni familia tienen, no tienen patria, ni hogar, no tienen amigos, no tienen quien vele por ellos, no tienen casa, ni cuarto, ni nada. «Sacaremos sus cosas de su cuarto y las echaremos al fuego», anunció tía Heráclita, la otra tarde. Eso me puso muy triste; yo quiero mucho algunas cosas que eran de Federico y él me dejaba verlas y me hacía entrar a su cuarto y a veces hasta me dejaba tocarlas y usarlas. Me acuerdo bien del astrolabio que tenía, que a mí me gustaba tanto mirarlo y tocarlo apenitas e imaginarme en la noche mirando con él y midiendo la distancia de los astros, que así me dijo que hacían los antiguos. ¿Dónde están los antiguos? Han desaparecido. ¿Dónde desaparecieron? En las guerras, en las casas, en las muertes. ¿Se fueron a las guerrillas? A veces sí, a veces no. «Al camino de los cipreses, al camino de los cipreses», grita mamá. Yo vigilo a Rafael desde el peral, porque es muy capaz de entrar y de incendiarle el cuarto, el muy maldito, y después fingir que fue un accidente, y nadie dirá nada, como si hubiera sido una cosa casual, inocente. Pero yo lo vi, lo vi, lo vi preparar todo para que pareciera un accidente.

Norberto está construyendo una trampa en el suelo. Ha colocado una cuerda tensa de árbol a árbol, oculta por el pasto y la maleza; cuando alguien se acerque y pase por allí, él tirará de uno de los extremos y lo hará caer.

—Cuando esté caído, tú le das con la honda —me grita.

Habíamos quedado en no hacer trampas.

—Fingiremos que fue un accidente. Cualquiera puede tropezar y caer.

¿Fingirán que fue un accidente el incendio de su cuarto? ¿Dirán: «Fue una brasa encendida, una colilla sin apagar, una rama seca que prendió, un escape de gas de las tuberías»?

—Entonces tú, desde allí, le tiras, y zas, muerto.

En cuanto vea que Rafael toca algo, le toca los muebles o le revisa los mapas, los cuadernos, los libros, zas, le hundo un ojo de una pedrada.

—Clausuraremos su cuarto y sus cosas las mantendremos en el sótano, selladas y lacradas —ha propuesto tía Lucrecia.

—No, señora —ha respondido Heráclita, iracunda—; sus cosas, al fuego, al fuego.

¿Y si por donde ellos van hay un incendio, con qué lo apagarán? ¿Federico habrá matado a alguno, ya? ¿Habrá incendiado un bosque, para que no le sigan la pista? Y si lo ha hecho, pobre Federico, cómo sufrirá, que él quería mucho las plantas y las tocaba con amor, y era su mejor alegría, moverlas apenitas de sitio para que recibieran una dosis un poquito mayor de sol, de luz, o cambiarlas de maceta, removerles la tierra, darles agua, ceñir los tallos blandamente a las estacas, para que crecieran derechas, pero sin oprimirles la circulación de savia, que si no se morirían, como si a mí me ahorcaran. Y si incendió un bosque me imagino que lo haría llorando junto a cada árbol, a cada tronco caído, a cada tallo o rama desprendida, y echaría la gasolina llorando, por tener que hacerle eso a los árboles, y estaría tan apenado que no miraría nunca atrás el fuego que iba dejando. Había cosas en su cuarto que a mí me gustaban mucho. Los libros sobre las plantas, por ejemplo, eran muy bonitos, llenos de dibujos y de láminas en colores, y venían los nombres de todas las plantas y de todos los árboles y allí se aprendían palabras muy lindas, que yo me acuerdo que le dije que sonaban muy bien, y él: «¿Ves cómo la botánica se parece a la poesía?», y yo me acuerdo todavía de algunos nombres bonitos, como níspero cadápano aguacate aliso homero palto baobab enebro ciclamor rosadelfa abey (que lo hay macho y hembra, como los pájaros) urundey y otros, que ya me olvidé, pero que están en el libro, y en cuanto los vuelva a ver me vuelven a gustar. Además de los libros me gustaban otras cosas, como una baliza verdadera que se encendía y se apagaba en alta mar, según el estado de las corrientes, que él había conseguido de un capitán de barco retirado, que al irse del mar se la llevó, porque de noche no podía dormir en total oscuridad; y una gran brújula que siempre indicaba el norte, se la pusiera donde se la pusiera, se estuviera en el sitio que se estuviera, con una aguja de metal mitad negra mitad gris y tenía una forma de estilete que me gustaba mucho, y un sextante que guardaba en una cajita y había que tocar con mucho cuidado, porque él lo limpiaba todos los días y lo miraba un poco, porque le resultaba agradable su forma.

—Bang, bang, bang —se acercaba alguien por el camino. Era un soldado.

—Atención, atención —me incitó Norberto.

Yo apunté bien con mi honda.

—No hagas tanto ruido al respirar —le dije—. Pueden oírnos. Y ellos están muy bien armados.

Mejor armados que Federico. Que Federico que se fue solo a las guerrillas. A lo mejor eran dos, a lo mejor eran dos, como Norberto y yo.

—Bang, bang, bang —se oía por el camino de losas.

—Me parece, por los pasos, que es más de uno —comentó bajito mi primo—. Tenemos que estar atentos.

Yo extendí bien las correas de la honda y elegí una piedra grande y afilada, la mejor.

—Ja. Me parece que es Gastón, me parece que es Gastón —me anunció Norberto, excitado—. Lo tenemos cazado. No podrá escapar. Buena emboscada le hemos hecho. Apunta bien, hermano, que ya llega.

Cuando Gastón estuvo cerca, cuando su cabeza castaña apareció bajo el peral moviéndose marcialmente al compás de su bang, bang, bang, yo me apoyé bien en la rama del peral y con formidable puntería lancé la piedra. El tiro salió recto, perfecto, veloz como una saeta; cruzó el aire rasgándolo, haciéndolo sonar, agudo y filoso, cargado de electricidad, como un rayo; atravesó el jardín de estatuas mansas contemplándose en el estanque, el jardín de las magnolias y los mangos, la hilera de lacas por donde las tías solían pasearse y fue a estrellarse contra la ventana del comedor, cuyos vidrios estallaron como bengalas por el aire y fueron a depositarse en la falda despavorida de la abuela Clara, que de la sorpresa, cayó al suelo, entre la flor estriada de los vidrios deshechos, que pronto se tiñeron de rojo; la piedra atravesó la ventana del comedor, destruyendo los vidrios, y a su paso, deshizo todo lo que encontró: el florero japonés donde unos juncos levantaban la cabeza, y era el preferido de tía Lucrecia, porque se lo había regalado su difunto esposo, el almirante Mizcle; después, la piedra, veloz, cortante como un bisturí, rasgó la tela de *Wang Si-Che mirando sus ocas*, que es un cuadro de Siuan, donde hay un señor que se asoma desde la terracita de su pagoda a mirar sus patos y hay otro niño detrás, que no sé si es un niño o un sirviente, porque está dibujado mucho más chiquito, pero a lo mejor eso se debe a la costumbre de dibujar a los sirvientes como personas chiquitas, porque no son tan importantes; la piedra cortó la tela por el lado de los juncos que se inclinan sobre el lago y siguió su marcha, implacable; por el camino, volteó el gran reloj de pared, orgullo de la familia, porque un rey español se lo había regalado a uno de nuestros bisabuelos, en recompensa por sus servicios militares, descolgó el candelabro medieval con sus cirios redondos como monjes y fue a horadar el hermoso tapiz que cuelga de la pared, donde está representada una fiesta en el palacio de los Médicis, que el gobierno se lo quiso comprar a tío Diego para ponerlo en un museo, pero él no se los vendió, no se los vendió nada, porque dijo que era exactamente igual al que había en Florencia, y que quién sabe, hasta podía suceder que el de la galería de Florencia no fuera el legítimo, que el legítimo lo tuviéramos nosotros colgado de la pared y valiera como mil fortunas. La piedra rasgó el tapiz allí mismo donde las damas rubias preciosamente tocadas lucen sus broderies, sus brocatos y sus rasos, todos con filamentos e hilos de oro que les van bordando los vestidos que llegan a los pies y se arrastran un poco por el suelo, y los hombres llevan camisas de satenes, pantalones de damasco, y espadines a los costados; todos se pasean por el jardín y se parecen mucho, mientras unos músicos ejecutan la música, pero se ve que ellos son más humildes, porque sus ropas son distintas, no tan lujosas, y no llevan cadenas de oro y de plata como esos señores que están en el centro y en los costados del tapiz que vale una fortuna, y la piedra le abrió un gran agujero, enorme como una boca, y se abrió paso, siguió avanzando, aguda y penetrante, por el camino rompió una cerámica esmaltada de Ispala y los frascos de esencias de la abuela y después que destruyó los vasos lágrima de Holanda se fue por la sala, estrellando todo lo que encontraba a su paso, y yo me paré un poco más en la rama, para ver bien la trayectoria de mi piedra, y vi justo cuando le daba en un ojo a tía Heráclita, que caía al suelo chillando, y el ojo caído rodaba por las escaleras como una bolita, saltaba de escalón en escalón mientras ella se revolcaba por el suelo, pero cuando Ernestina se acercaba corriendo, la piedra, al rebotar contra el marco de un cuadro, hizo un extraño giro y le dio en las entrañas a tía Ernestina, y yo me reí mucho desde encima del peral, me reí tanto que Norberto abandonó su refugio de tamariscos y se puso a mirar, él también, subiéndose al murito donde se apoyan las hortensias, en el preciso momento que la piedra, con la fuerza que tenía del disparo que yo había hecho, daba un vuelco y le rompía la mano a tío Alejandro, destrozándole los huesos (tío Alejandro se puso a chillar entonces como un mono), y con el ruido de la casa todos los primos que estaban en el jardín fueron apareciendo; Gastón, para mirar mejor, se subió al peral junto conmigo y los dos pudimos ver cómo la piedra daba de lleno en la cara a nuestro primo Alfredo, que —alborotado, venía a observar lo que pasaba— abriéndole surcos y ríos de sangre y toda la cara se le inundaba y él se llevaba las manos a los ojos y cuando asomaba tía Lucrecia la piedra le daba en una pierna, un golpazo, qué golpazo, la tía Lucrecia resbalaba y se desmoronaba como una estatua sacudida, se venía al suelo gritando, pero la piedra cambiaba de dirección, doblaba, pasaba a otra habitación, donde el abuelo estaba inclinado comiendo choclos, entonces, suavemente, sin mucha furia, le daba un tic en las costillas y el abuelo caía al suelo, todavía masticando. En la biblioteca, el proyectil sorprendía a tío Julián tratando de proteger el lente de su aparato de proyección inútilmente, porque la piedra se rompía de lleno contra el lente, que saltaba hecho pedazos y entonces Norberto comenzó a gritar, de risa, de contento, y Alicia a brincar, y yo me reía tanto arriba del peral que casi me caigo, y apareció Sergio y se subió con nosotros a festejar cuando la piedra, con un extraño movimiento retrocedió, para volver a pasar por el cuarto donde Alberto se escondía detrás de un sillón; la piedra retrocedió y fue a golpearle entre las piernas, allí donde duele más, y mi tío Alberto se agarraba el vientre y rodaba por el piso y la ropa se le ensuciaba y él sin soltarse el pantalón girando en el suelo como un bicho que ha caído de espaldas y no puede por sí solo darse la vuelta; entonces las primas quisieron subirse al árbol para mirar mejor y las fuimos ayudando, Gastón, Sergio y yo las ayudamos a subir y de la alegría que teníamos nos abrazamos y esto se lo voy a contar a Federico en cuanto lo encuentre entonces Norberto que es el más alto arrancó unas peras que estaban encima de nuestras cabezas y nos pusimos a comer las peras locos de alegría mientras la piedra seguía su camino y el ruido de la casa deshaciéndose era infinito, una enorme ola, una tromba, el ruido de la casa eran vidrios rotos, muebles quebrados, paredes estriadas, cerámicas desmayadas sagre sangre que corría y cuando se detuvo

cuando todo movimiento se hubo detenido

en silencio
en procesión
todos los primos fuimos bajando del peral, despacio
hasta la casa,
ya no se oía nada
más que el lento mecerse de la hamaca de la abuela
solitaria y vacía.

XVIII. Segundo final

Óscar

«¿Recuerdan lo que pasó en Nueva York? Una muchacha
gritó pidiendo ayuda al ser atacada, pero nadie la auxilió
hasta que estuvo muerta. Los vecinos no querían meterse
en líos. Ésa parece ser la historia de mi generación.
¿Y la de ustedes?»

The Participator
North Hollywood (California). High School.

Algo está pasando. Algo está pasando intimidante
en la casa y seguirá pasando, si alguien no lo detiene.
Pero no se me ocurre quién podrá detenerlo. Algo amenaza mucho el orden de esta casa, de este país, de esta
nación, de esta familia, y la posibilidad de salvación
parece remota. He hablado con los tíos, y ellos están
tan alarmados como yo, pero además, están desconcertados, y eso me desorienta, porque siempre pensé que
ellos sí iban a hallar la solución de todas las cosas. Con
mamá no se puede contar, siempre detrás del brillo y el
lustre de los muebles, detrás de los cubos de pintura,

«píntame estas paredes, hijo, que están manchadas», aunque si vamos a ver, no hay una sola mancha en toda la pared, en toda la puerta, en toda la casa, pero ella es así, viendo mancha y mugre por todos lados, por el campo, por las cortinas y los retoños y las alfombras, y si llegamos a salir de la casa para abastecernos, encuentra las baldosas sucias en la calle y los árboles descascarados llenos de manchas y no quiere recibir el cambio de mano de los empleados porque ellos no las pueden tener limpias, y todo igual, pobre mamá. Si los tíos no encuentran la solución, vamos a ser cercados y atrapados y nos enterrarán entre nuestras propias ruinas, las ruinas de nuestra casa y de nuestras propiedades. Alguien nos va a atacar y no podremos salvarnos; no podremos salvarnos porque estamos desconcertados y dispersos. Nuestra situación ha variado radicalmente desde un momento que yo no puedo precisar en el tiempo, a partir del cual hemos sido paulatinamente sitiados por los extraños, por los ajenos, por los intrusos, seguramente debido a nuestra propia debilidad, a ciertos desajustes que permitimos por sentimentalismo o dejadez. Cómo consiguió evadirse Federico pese a nuestra vigilancia, gracias a la debilidad de alguno, vaya a saber de quién, pero lo hizo, se escapó, se fue, nos traicionó, traicionó a nuestra casa, a nuestra familia, a sus parientes y a su lar. A partir de ese momento, todo ha comenzado a funcionar mal, imperceptiblemente mal, como si se nos hubiera abierto un río al costado por el cual manara nuestra vida, nuestra fuerza y nuestro poder. Lo de Federico no hubiera sido irremediable, si inmediatamente después de sucedido, hubiéramos procedido a un racional reagrupamiento, si nos hubiéramos organizado, y no dejado librada al azar, a la eventualidad nuestra defensa. Pero todos preferimos pensar que lo de Federico era un capricho, una parti-

cularidad, una rareza, un hecho casual e intrascendente,
que jamás minaría nuestro poder. Y ahora, ¿quién nos
defenderá?, ¿quién nos protegerá? ¿Cómo seremos sal-
vados? Alberto divaga por la casa incapaz de salir del
laberinto; Alejandro se dedica a los acrósticos y a las
palabras cruzadas, porque está cansado de responsabi-
lidades y no quiere asumir ésta; en tanto afuera, en el
exterior, en el mundo, todo cambia vertiginosamente, a
una velocidad inalcanzable, y ya es difícil prever qué
acontecerá. Las radios emiten comunicados alarmantes.
Hoy he encontrado por azar, al cruzar el patio, los
últimos diarios que el repartidor lanzara desde su
vehículo y se habían mojado un poco, seguramente con
el rocío, la humedad y la lluvia de estos días. Quiere
decir que los tíos ni siquiera se toman la molestia de
leerlos, de informarse; los diarios ilustran claramente
acerca de la situación, nos advierten del peligro que
corremos, pero este aviso es despreciado por los tíos y
las tías, que siempre han considerado a los periódicos
como vanos, superfluos y alarmistas. Por los diarios me
he dado cuenta que, contrariamente a cualquier previsión, nuestra situación se vuelve con las horas progresi-
vamente peligrosa, desesperante. Sin embargo, la abuela Clara continúa meciéndose en su sillón, hilvanando y
deshilvanando lana, construyendo redondas bolas de
hilo que deja deslizar sobre la alfombra azul, pensando
que nada cambia, que nada cambiará, que todo será
igual a aquella otra vez que todos pensaron que se
acababa el mundo y se refugiaron en las iglesias, suplicantes y llorosos y los sacerdotes no daban abasto para
confesar tanta gente, tantos pecados, tantos pecadores,
y la gente se aglomeraba en el atrio, en el propileo, en
las altas bóvedas resonaban las oraciones, las promesas
y los ofrecimientos, la nave principal no alcanzaba para
albergar a todos los suplicantes, no se respetaba orden

ninguno, unos a otros se empujaban para poder entrar, atropellándose en el deambulatorio, alguien se tomó todo el agua de la pila, la fuente bautismal fue rápidamente consumida por bocas sedientas, ansiosas de ingerir ingresar castamente al seno de Dios y de la Naturaleza, no quedó ni una gota, ni una sola gota, aunque el sacristán y los capilleros trajeran baldes para reponer, al final hasta los mismos curas desistieron de bendecir el agua y uno de ellos, que era el principal, dijo que para hacer más rápido trajeran los baldes llenos de agua y los pusieran directamente en la fuente, que no había necesidad de bendecirla, cualquier agua serviría, en esos momentos no se podía cumplir con todo el ritual, y cada uno buscaba su vaso, traía su propio vaso y se regaba la frente, la cabeza con el agua de la pila, y en el confesonario no había quien pudiera poner orden, de la cantidad de gente que quería confesarse, de manera que los sacerdotes dijeron que todos podían confesar sus pecados en voz alta, al mismo tiempo que ellos impartirían una absolución general, y cuenta la abuela Clara que el ruido de los pecados era como una tromba, un torbellino en alta mar, cada cual gritaba sus culpas con la voz más fuerte que tenía y el remolino de pecados giraba y ascendía como una veleta impulsada por el mistral o por el siroco, los pecadores bramaban sus pecados, a barlovento, una espiral pacaminosa, las ráfagas de confesiones silbaban a oriente y a occidente del gran barco, y cuando se impartió la absolución general (cuando todos se sintieron inocentes), entonces cada cual corrió a llevarse lo suyo, a arrancar de la iglesia un trozo de columna, una madera de la puerta, cada cual quería morir en posesión de un fragmento de santidad, y se vio arrancar a vivo brazo los paneles, las molduras, los gruesos cordones dorados que se ponían entre los asientos los días de fiesta o en las bodas caras,

las aldabas redondas con su pátina medieval, y se vio a
hombres portando trozos marmóreos del reclinatorio,
o calzando sobre sus hombros pedazos de columnas violentamente descuajadas, como en las invasiones bárba-
ras, y una mujer que según mi abuela Clara tenía mala
fama, andaba corriendo por los pasillos sacros como
una loca, perseguida por los demás fieles que querían
arrebatarle la campana que ella había conseguido; del
púlpito, no quedaba nada, pues la baranda de suaves
maderas por la que el sacerdote deslizaba su disfraz,
yacía demolida en el suelo, y sus pedazos eran dispu-
tados por ardientes redimidos dispuestos a testimoniar, por la posesión de la prenda, su nuevo estado de
gracia. Las rejillas del confesonario eran enarboladas,
trofeos heroicos, por mujeres que las blandían en alto
como si fueran cirios y otros se llevaron los escapularios
escatológicos primorosos con hilos de oro y flores de
plata; un famoso hombre de negocios, conocido de todos, huía con el cáliz donde se bañaba aún el último
vino, fucsia y macerado, pero el hostiario había sido
secuestrado por una mujer, muy reputada por sus
ardientes deseos hacia los más jóvenes. «Me las como
todas», gritaba el hombre que la perseguía, codiciando
la divina carga de pan que llevaba el copón; varias
hostias saltaron por el aire, y fueron allí mismo, en el
aire, consumidas por bocas anhelosas que se disputaban su blancura, su posesión, las bocas bien abiertas,
devoradoras. Mi abuela Clara siempre nos contaba este
pánico, con cierto desprecio por sus vecinos, por todos
aquellos que en ese día único fueron prisioneros del
miedo y de la agitación. Ella no permitió a ninguno de
la familia salir de casa; atrancó todas las puertas, cerró
las ventanas y se dispuso a esperar el fin del mundo
haciendo labores, como siempre; exigió que cada uno
de la casa tomara posición en el lugar que le correspon-

día, que le estaba asignado; así, tío Andrés debió permanecer en su laboratorio, sin moverse; Alberto lustraba las armas de su colección, repasaba los bronces, los gatillos dorados, los filos lacerantes de las espadas; mamá, mamá, como siempre, estaba abrillantando la cristalería, sin preocuparse de nada; Julián, la filmadora lista, acomodaba los lentes, calculaba distancias, disponía los focos de iluminación; Oliverio tocó el piano todo el día, si bien es cierto, con sordina, porque abuela Clara no quería perderse los ruidos del final del mundo. «He esperado esto toda mi vida», murmuraba a veces, llena de regocijo. Lo tenía todo dispuesto, todo previsto; afrontaría el Juicio Final con entera dignidad, sin un solo estremecimiento, dentro de la casa, como había vivido; de su casa, que fuera la casa de sus padres y de sus abuelos, la casa de sus hijos y de sus nietos; la casa que guardó, como una virgen consagrada al culto, el himen de los nuestros, jamás hollado, la rosa de los vientos aparcelada pero intacta.

Pero ahora es distinto, aunque la abuela Clara asuma la misma actitud. «No te preocupes, nieto —me dice cada tarde, con maniática insistencia—, no te alarmes; nada sucederá. No pasará de un clamoreo matinal de pájaros, un revuelo primaveral, así ha sido y así será hasta la consumación de los siglos.» Nadie me quiere hacer caso cuando les digo y les repito que estamos acorralados, sitiados, ceñidos, estrechados, reducidos, a punto de perecer. Como una tribu acechada y perseguida, acosada continuamente por soldados y mastines, hostigada hasta las orillas del mar, teniendo que elegir entre el fuego de los arcabuceros o la huida por un agua que solamente al agua conduce, estamos aislados, sitiados en nuestra casa, confinados, pero conservando milagrosamente la fe en que nada diferente, nada distinto ha de ocurrirnos. ¿Por qué a nosotros? ¿Cómo a

214

nosotros? Tolomeo sacude la cabeza y se queda pensativo; él nunca tuvo coraje para nada, como suele decir la abuela Clara; con las mujeres, no se puede contar, porque se pasan el día peleando y discutiendo entre ellas, quién tiene la culpa de qué, arañando las plantas, los cristales, los caireles, hundiendo sus manos en la pila de sábanas que las circunda, circunrodea, circunvagina, circunvirgina, enzarzadas en sus zarzas sicomoras. Parece que nadie se diera cuenta de que vamos a perecer, de que vamos a ser borrados, eliminados, arrasados, desterrados, rastrillados de la faz de la Tierra; he sacudido a Alejandra, tomándola por los hombros, pero ha sido inútil, dado que ya había ingerido su dosis diaria de LSD y estaba sumida en un delirio afrodisíaco, rodeada de objetos antiguos, cerámicas y vasos de su colección.

En esos momentos, cuando se pasea por los corredores extasiada, repitiendo frases y versos de libros antiguos, como poseída, sólo responde a quien la llama por su nombre de circunstancia, el de Dánae, que ha elegido para sí.

—Dánae —la he llamado—. Dánae —le he dicho—. Van a tomar la casa.

Ella circulaba por los pasillos, abrazaba las esculturas verdes, deslizaba sus brazos por los costados rubios de los efebos de bronce, besaba las columnas, depositaba sus caricias en los mármoles veteados, aspiraba el perfume de las hiedras y de las plantas, las cortinas la rodeaban, envolvían su cuerpo, sus piernas separadas iban de un mosaico a otro, sacudidas por estremecimientos de venado.

—Dánae, ¿jugarás toda la vida?

—Dánae, ¿jugarás toda la vida? —me repitió el eco de Dánae, Alejandra burlándose de mí.

—Dánae, acéptalo. Hemos perdido.

—«Dánae, acéptalo. Hemos perdido.»

—Es así.

—Es asá.

Dánae besaba las columnas (sus labios, enamorados, iniciaban el descenso por el mármol frío. Resbalaban por el mármol, como alas temblorosas de mojadas palomas, como ardientes gotas de licor que descendieran por la superficie áurea de los vasos).

Como si fuera la última vez, abrazaba las mayólicas y los jarrones; arrodillada sobre el piso, los rodeaba con sus brazos, tejiéndoles red de velos ciclamen y celestes.

Dánea ciclamen.

Columnas celestes.

Dánae acariciaba las doncellas en los vasos. Sus dedos húmedos se posaban en el torso de las doncellas dibujadas. Las recorría con suavidad. Después, vertiginosa, daba vueltas sobre el suelo de mosaicos abrillantados. Envuelta en sus propios velos blancos transparentes, deslizaba sus largos brazos por los rombos azules y dorados, en un larguísimo abrazo sensual y lujurioso.

—Dánae, vendrán por nosotros, por la casa. Ayúdame.

—No hay peligro, Teseo, nunca lo hubo.

Dánae se detuvo un minuto, elevó la cabeza (yo miraba su hombro izquierdo, en el borde de la túnica blanca, y al fondo la casa, la casa, nuestra residencia), me miró y se sonrió. De una manera inconfundible. Pensé que, secretamente, nos había traicionado.

XIX

Federico

En la noche calma, blanca, mansa, hemos entrado a la ciudad como hombres de paz, pero protegiéndonos en las sombras que permiten los pretiles de las casas y las claraboyas. Noche de verano, noche calma. Ni a los niños se oye llorar, esos niños que siempre lloran a lo lejos en las noches de verano. Cada uno ha sentido su nostalgia, su nostalgia de cosas y de casas. La noche es templada y serena como el vino que dejamos estacionar en la jarra, para que se asiente. Uno busca su mochila, que quedó entre unas plantas. Las casas perfilan su sombra de mujeres inmortales. La luz de la luna abarca la calle, comelotoda. Blanca, la Luna, dan ganas de tirarle pedruscos, piedritas hacia el centro lamelador, de donde proviene tanta blancura, tanta calma, este abismo de paz en tiempos que son de guerra. Hay que caminar despacio, por la sombra, y porque el tiempo invita. Es esta tibieza del verano y la noche blanca como la tapa del libro no escrito y los muchachos que se intimidan del regreso y que marchan por la calle mirándonos entre nosotros, inseguros de haber entrado en la ciudad con esta felicidad, pero este perfume de glici-

nas por las calles de paraísos y de magnolias hace años
luz en la memoria que no se siente no se huele y ahora
que he atravesado un pedazo de calle me lo recuerdo
todo me recuerdo de lo que queda atrás tan atrás que
ni se ve me recuerdo de los patios y el jardín de estatuas
y los niños sentados a la mesa

Y Rafael se acerca, compañero, a la orden, estamos
listos, y Rafael se sonríe, como nunca, en la noche blanca de cartulina noche blanca claranoche contento pone
su brazo sobre mi hombro se sonríe. Es la hora.

HEMOS LLEGADO.

Esta obra, publicada por
EDICIONES GRIJALBO, S.A.,
terminóse de imprimir en los talleres
de Hurope, S.A., de Barcelona,
el día 30 de junio
de 1989